사상 최강의 양손 투수 6

2023년 8월 18일 초판 1쇄 인쇄
2023년 8월 23일 초판 1쇄 발행

지은이 RAS
발행인 강준규

기획 이기헌 왕소현 임동관 박경무 강민구 조익현
책임편집 천기덕
마케팅지원 이원선

발행처 (주)로크미디어
출판등록 2003년 3월 24일
주소 서울시 마포구 마포대로 45 일진빌딩 6층
Tel (02)3273-5135 **Fax** (02)3273-5134
홈페이지 rokmedia.com **E-mail** rokmedia@empas.com

ROK
MEDIA
로크미디어

사상최강의
양손투수

RAS 스포츠 장편소설

6

CONTENTS

그랜드슬램, 우리가 해내겠습니다

마무리 투수.

클로저(Closer)라 불리며 팀의 마지막을 장식하는 수호신.

뉴욕 양키스와 샌프란시스코 자이언츠의 월드 시리즈 7차전.

5회 초.

마운드에 오른 것은 본디 9회, 아주 드문 경우에도 8회는 되어야 볼 수 있었던 양키스의 클로저였다.

[마리아노 리베라! 양키스의 수호신이 5회부터 모습을 드러냅니다!]

[월드 시리즈의 묘미죠. 조 지라디 감독이 1점을 반드시 지키고자 마음먹었습니다. 지금 리드를 유지하느냐 하지 못하느냐가 월드 시리즈 트로피를 결정지을 거라고 판단한 겁니다.]

수호신이라며, 클로저라며 칭송받지만 결국 마무리 투수

의 본질은 '가장 잘 던지는' 불펜 투수다.

가장 잘 던지고, 가장 믿을 수 있는 불펜 투수를 최고의 승부처에 활용하는 건 이상할 것 하나 없는 일.

놀라 자리에 앉지 못하고 있던 양키스 팬들이 엉덩이를 의자에 붙이며 고개를 주억거렸다.

"뭐…… 지금이 많이 위험하긴 하지."

"아끼다 똥 되는 것보다야."

하지만 걱정은 남았다.

"그럼 나중엔 어떡하지?"

마무리 투수가 마무리 투수라 불리는 건 경기 후반일수록 반드시 1이닝을 믿고 맡길 만한 투수가, 경기를 끝낼 투수가 필요하기 때문.

마리아노 리베라를 5회에 끌어 써 일단 발등에 떨어진 불을 끄는 건 좋지만 뒷일이 걱정되지 않을 수 없었던 것이다.

그러나 눈에 불을 켜고 그라운드를 주시하고 있을 소방수들을 누구보다 잘 아는 남자는 묵묵히 공을 던졌다.

뻐엉—!

몇 차례 연습 투구를 치르며 감각을 점검한 마리아노 리베라가 슬쩍 웃었다.

'이게 얼마 만이지?'

평범한 불펜 투수로 뛰었던 데뷔 초 이후 약 15년만.

아직 승패의 윤곽이 드러나지 않은, 후끈후끈한 마운드는 그에게 색다른 감상을 선사했다.

하지만 시기가 일러 색다르기만 할 뿐, 상황은 아주 익숙했다.

긴장감에 숨조차 제대로 쉬지 못하는 팬들.

흘러내리는 땀방울조차 인식하지 못하는 선수들.

위기의 상황이 선사하는 쫄깃한 압박감.

그 안에서 그가 해야 할 일은 똑같았다.

[5회 초 2사 주자 1, 2루 상황. 마리아노 리베라 선수가 3번 타자 파블로 산도발 선수를 상대합니다.]

점수를 주지 않고, 상대를 제압하는 것.

알고도 칠 수 없는 마리아노 리베라의 성명절기가 뿜어져 나왔다.

뻐엉-!

"스트라이크!"

배드 볼 히터로 유명한데도 확연히 스트라이크존 안으로 들어오는 공에 방망이를 내지 못한 파블로 산도발.

다음 구, 마리아노 리베라의 기세에 짓눌려 있던 남자가 잇소리와 함께 자존심을 곧추세웠다.

"이익!"

그러나 마리아노 리베라의 커터는 다시 한번 그에게 금전적인 손해를 강요했다.

따악-!

[배트 부러집니다!]

이번 경기 두 번째로 부러진 파블로 산도발의 배트.

마운드로 어떤 물체가 두둥실 날아갔다.

하지만 이번에 마운드로 향한 건 배트 파편이 아니라.

터억-.

작은 흰색 공이었다.

수없이 많은 배트를 부러뜨린 배트 브레이커가 글러브를 하늘 높이 치켜들었다.

[마리아노 리베라, 직접 처리합니다! 스리아웃! 샌프란시스코 자이언츠의 5회 초 공격이 잔루 1, 2루를 남긴 채 종료됩니다!]

툭-!

"굿 잡."

"당연한 걸."

데릭 지터와 주먹 인사를 나누며, 마리아노 리베라가 불펜을 바라봤다.

'불펜의 높이가 높다는 게 어떤 의미인지, 오늘 한번 보여주자고.'

경기가 계속됐다.

⬤

때려 죽여도 던질 수 없는 직전 경기의 선발 투수를 제외하곤 모든 투수가 불펜에서 대기하는 시즌 마지막의 마지막 경기, 월드 시리즈 7차전.

조 지라디 감독이 제대로 된 벌 떼 야구를 구사했다.

마리아노 리베라를 1이닝 만에 조속히 내린 걸 시작으로.

부우웅—!

[스윙 앤 어 미스! 소중한 삼진! 클레이 라파다 선수가 자신의 역할을 충실히 해냅니다!]

따악—!

[먹힌 타구! 유격수 데릭 지터가 처리합니다! 투아웃!]

클레이 라파다 같은 원 포인트 릴리프뿐 아니라.

조바 체임벌린, 이반 노바, 데이비드 로버트슨 등 스윙맨이나 롱 릴리프로 뛰어야 했을 선수들까지 아낌없이 소모했다.

반면 브루스 보치 감독의 선택은 조금 달랐다.

뻐엉—!

[팀 린스컴—! 정말 혼신의 역투를 펼치는 듯합니다!]

[이 악물고 던지는 게 눈에 보일 정도군요.]

1차전에선 무너졌지만 짧은 시간만큼은 아직도 에이스라 불리기에 충분한 남자, 팀 린스컴.

뻐엉—!

[배리 지토! 불펜으로 올라와서 그런가요? 포심 구위가 지난 4차전보다 확연히 나아 보입니다!]

지난 4차전, 마크 테세이라의 그랜드슬램 전까지는 3이닝

동안 뉴욕 양키스를 꽁꽁 묶었던 후반기의 사나이, 배리 지토.

두 선발 투수를 활용하여 불펜의 피해를 최소화한 채 시간을 벌었던 것.

서로의 불펜 소모량이 극명히 차이가 나는 상황. 브루스 보치는 희망의 끈을 놓지 않았다.

'1점! 1점만 따내면 승산은 충분하다!'

연장을 가든, 역전을 하든.

일단 1점만 따라잡을 수 있다면 승산은 충분하리라는 판단.

두 감독의 엇갈린 선택 아래 경기가 아슬아슬 파도를 탔다.

무려, 8회까지.

뻐엉—!

[삼진! 코리 클루버 선수가 브랜든 벨트 선수를 삼진으로 돌려세우면서 스리아웃! 뉴욕 양키스가 이번에도, 8회 초에도 여전히 리드를 지킵니다!]

[코리 클루버 선수가 정말 잘해 줬어요. 파블로 산도발-버스터 포자-헌터 펜스로 이어지는 샌프란시스코 자이언츠의 중심 타선을 피해 없이 제압했습니다. 이제 자이언츠에는 단 한 번의 공격만이 남았고, 중심 타선은 다시는 타석에 설 수 없을지도 모릅니다!]

[그렇습니다! 이제 경기는 8회 말로 갑니다! 월드 시리즈 트로피의 주인이 점차 윤곽을 드러내고 있습니다! 과연 샌프란시스코 자이언츠가 9

회 말을 맞을 수 있을지! 잠시 후에 뵙겠습니다!]

이제 샌프란시스코 자이언츠에게 남은 것은 9회 초, 한 번의 공격.

7번 그레고르 블랑코부터 시작하는 그 공격에서 점수를 내지 못한다면.

홈팀인 뉴욕 양키스가 계속해서 리드를 유지한다면, 그대로 경기가 끝나 버릴 수도 있었다.

'젠장……'

그만큼 중심 타선이 출전하는 8회 초가 코리 클루버라는 신인에게 잡아먹힌 건 컸다.

불펜을 아끼면 뭘 하는가. 결국 경기가 끝나 버릴 텐데.

브루스 보치는 입술을 짓씹으며 뚫어져라 자이언츠 타자들의 기록을 살폈다.

3타자를 모두 대타로 쓰더라도 반드시 점수를 뽑아내기 위해.

또한 8회 말이 지금까지처럼 별일 없이 끝나기를 기도했다.

그리고.

따악-!

[높이 뜹니다! 중견수, 좌익수, 유격수가 모두 접근! 중견수 앙헬 파간, 잡아낼 듯…… 잡아냅니다! 스리아웃! 추신서 선수가 중견수 플라이로 물러나면서, 양키스가 결국 리드를 벌리지 못했습니다!]

샌프란시스코 자이언츠의 셋업맨, 산티아고 카시야가 브루스 보치의 기도를 이뤄 주면서.

[이제 9회 초! 경기가 끝날 수도 있는 시간이 찾아왔습니다!]

운명의 9회가 도래했다.

9회 초, 양키스의 투수는 여전히 코리 클루버였다.

투수 교체가 없음을 확인한 브루스 보치 감독은 즉각 대타를 투입했다.

[샌프란시스코 자이언츠. 핀치 히터. 넘버 6! 브렛- 필!]

머지않은 미래 기량을 만개하지 못하고 트리플A급 타자로 전락해 KBO에 진출하게 되는 남자, 브렛 필.

하지만 지금 2012년의 그는 믿을 만한 우완 전용 대타였다.

[코리 클루버. 초구!]

브렛 필의 방망이가 브루스 보치 감독을 웃게 했다.

따악-!

[우중간…… 안타입니다! 브렛 필의 시원한 우전 안타! 샌프란시스코 자이언츠가 마지막 기회를 잡습니다!]

[초구를 제대로 노려 쳤네요.]

무사 1루.

조 지라디 감독은 지금까지처럼 빠른 투수 교체를 단행했다.

[조 지라디 감독이 곧바로 투수를 교체합니다. 당연히…… 예, 라파엘 소리아노 선수가 올라오네요.]

[이번 시즌 셋업맨으로 톡톡히 활약한 선수죠. 사실 마리아노 리베라 선수에 가렸을 뿐이지, 다른 팀에 가면 마무리로도 충분히 뛸 수 있는 선수입니다.]

[그렇습니다. 지금까지 아껴 뒀던 라파엘 소리아노 카드를 꺼내 드는 조 지라디 감독! 과연 라파엘 소리아노 선수가 우승을 확정 지을 수 있을지!]

원 역사, 마리아노 리베라의 부상 이후 2012시즌 양키스의 뒷문을 책임졌을 남자, 라파엘 소리아노.

그의 초구에 양 팀의 희비가 엇갈렸다.

따악-!

[3유간 빠집니다! 타자 주자 2루 돌아 3루로! 라이언 테리엇! 라이언 테리엇의 추가타가 터집니다! 무사 1, 3루! 샌프란시스코 자이언츠에게 절호의 기회가 찾아왔습니다!]

바뀐 투수의 초구를 노리라는 메이저리그의 격언을 충실히 따른 지명타자, 라이언 테리엇이 무사 1, 3루라는 천고의 기회를 만들어 낸 것.

단 두 개의 공이 양 팀의 처지를 극명하게 대비시켰다.

"으음……."

한 방이면 다 잡았던 월드 시리즈 트로피가 날아가 버릴 수도 있는 상황.

하지만 조 지라디 감독은 지금까지처럼 빠른 투수 교체를 단행할 수 없었다.

[이제 양키스에 남은 투수가 얼마 없습니다. 과연 조 지라디 감독이 어떤 선택을 내릴지요.]

지금 양키스 불펜에 있는 투수는 5차전 선발이었던 C.C. 사바시아와 확장 로스터로 올라와 준수한 활약을 펼쳤지만 월드 시리즈 7차전 9회 초에 사용하기엔 심대한 부담을 안고 있는 신인 델린 베탄시스.

"소리아노, 믿는다. 네가 해결해라."

"후우…… 후우……. 예, 보스."

조 지라디 감독은 라파엘 소리아노의 어깨를 두드리고 마운드를 내려갔다.

그러나 다음 순간, 운명이 조 지라디 감독에게 선택을 강요했다.

9번 타자 브랜든 크로포드에게 삼진을 뽑아내며 안정되는 듯했던 라파엘 소리아노가.

흔들렸다.

뻐엉-!

[베이스 온 볼스! 앙헬 파간 선수가 볼넷을 골라내면서 주자 만루! 양키스, 더 이상 물러설 수 없습니다! 이번 시즌의 향방을 가르는 순간이

찾아왔습니다!]

　1사 주자 만루.

　볼넷만 나와도 동점. 안타가 나오면 역전. 홈런이 나오면 자칫 돌이킬 수 없는 결과가 도래할 수도 있었다.

　눈을 질끈 감았다 뜬 조 지라디 감독이 다시 마운드로 향했다.

　"소리아노."

　"……예, 보스."

　라파엘 소리아노의 눈을 뚫어지게 바라보던 그가 내린 결정은.

　"고생했다."

　"……죄송합니다."

　투수 교체.

　공을 건네받은 조 지라디 감독이 불펜을 바라봤다.

　그리고 누군가의 목소리를 떠올렸다.

　ー키워 볼 만한 놈입니다. 싹수가 있어요. 100마일을 던지는 마무리가 흔한 건 아니잖습니까?

　언젠가 마리아노 리베라가 그리 평했던 남자의 굳은 표정이 조 지라디의 눈에 박혀 들었다.

　[피처, 넘버 68! 델린— 베탄시스—!]

루키의 손에 양키스의 운명이 쥐어졌다.

"제발……."

양키 스타디움의 모든 핀스트라이프가 한마음 한뜻으로 마운드를 지켜보는 가운데.

차마 보기 힘들다는 듯 김신의 눈이 감기고.

쐐액—!

9회, 몇 번이고 통타당했던 초구가 홈플레이트로 날아들었다.

8회 말이 끝났을 때, 양키스 불펜에는 세 명의 투수가 있었다.

라파엘 소리아노. 양키스 철벽 필승조의 중추를 담당하는 셋업맨. 다른 팀에서라면 충분히 준수한 마무리 투수로 쓰임받을 수 있는 투수.

C.C. 사바시아. 바로 직전 해까지 악의 제국을 이끌었던 1선발. 이틀밖에 쉬지 못했어도 1이닝 정도는 가볍게 책임질 수 있는 사나이.

그리고 델린 베탄시스. 자신.

월드 시리즈 7차전, 심지어 한 점 차 리드라는 터프한 상황. 세 투수 중 가장 부족한 자신이 출전할 리는 없을 거라고.

라파엘 소리아노든 C.C. 사바시아든 둘 중 한 명이 양키스의 28번째 우승을 확정 지을 거라고.

델린 베탄시스는 그렇게 생각했다.

물론 아주 어렸을 때부터 양키스만을 바라봐 온 팬으로서, 선발투수라는 꿈을 잠시 포기하면서까지 포스트 시즌 로스터에 합류하길 바랐던 사람으로서 아쉬움은 있었다.

하지만 받아들였다.

지금 그보다 명백히 뛰어난 투수들이 팀에 있었으니까.

'그런데 내가 지금 여기 왜 있지?'

그러나 9회 초, 원아웃. 팀의 마지막 수비에서.

양키스의 마운드에 서 있는 건 라파엘 소리아노도, C.C. 사바시아도 아닌 델린 베탄시스였다.

[샌프란시스코 자이언츠. 핀치 히터. 넘버 17! 오브리 허프!]

어떻게 지나갔는지도 모르겠는 연습 투구가 끝나고.

브루스 보치 감독이 내세운 대타, 오브리 허프가 타석에 자리를 잡았다.

"후우……."

델린 베탄시스는 가만히 눈을 감았다.

그 뇌리로 언젠가 양키스의 수호신이 건넸던 말이 스쳐 지나갔다.

－머리를 비우고, 네가 던질 수 있는 최고의 공을 던지는 데 집중해. 여차하면 뒤엔 내가 있으니까.

그 언젠가가 언제인지 생각해 낸 델린 베탄시스가 피식 웃었다.

'처음으로 9회에 등판하는 날이었지, 그날이.'

9회 처음으로 등판했던 날. 마리아노 리베라의 전언.

그러나 지금은 그때와 달랐다.

'뒤에 누가 있어도, 지금은 소용없잖아.'

1사 주자 만루. 점수 차는 한 점.

단 한 번의 실수가 팀의 패배로 이어질 수 있는 절체절명의 순간.

그야말로 'Win or Go home'이라는 말에 정확히 어울리는 찰나.

하지만 델린 베탄시스의 가슴은 왜인지 그때보다 편안했다.

실감이 나지 않아서일까?

아니면 그때의 델린 베탄시스와 지금의 델린 베탄시스가 다르기 때문일까?

－베탄시스 씨, 항상 자신감을 가지세요. 우린 같은 100 마일 클럽원이잖아요.

-제구를 한순간에 잡는다는 건 불가능하죠. 아시잖아
요. 다만 바깥쪽 낮은 코스의 포심, 이거 하나 정도는 단기
간에 향상시킬 수 있지 않을까요?

　그리고 델린 베탄시스의 머릿속에 또 다른 누군가의 목소
리가 울려 퍼질 무렵.
　"베탄시스 씨!"
　몇 번이고 그의 연습구를 받아 주었던 포수의 목소리가 귓
가를 간질였다.
　습관처럼 델린 베탄시스의 몸이 움직였다.
　최고의 선발 투수와 마무리 투수를 동시에 보아 온 남자가
그들의 조언을 따랐다.
　그가 던질 수 있는 최선이 홈플레이트를 관통했다.
　뻐엉-!
　"스트라이크!"
　[스트라이크! 바깥쪽 낮은 코스를 절묘하게 공략했습니다. 0-1! 루키
와 베테랑의 대결에서 루키가 한 걸음 앞서나갑니다!]
　[베테랑 할아버지가 와도 저런 공을 쉽게 칠 수는 없죠.]
　게리 산체스에게서 되돌아온 공을 쥐자마자, 델린 베탄시
스의 몸이 번개같이 움직였다.
　뻐엉-!
　같은 코스, 같은 구종, 같은 구속.

결과는.

"스트라이크!"

[투 스트라이크! 방금 전과 완벽하게 같은 공이었지만. 오브리 허프 선수가 손을 대지 못합니다!]

0-2.

이제 필요한 카운트는 하나.

델린 베탄시스는 생각 따위 필요 없다는 듯 똑같이 움직였고, 오브리 허프는 젖 먹던 힘까지 동원해 방망이를 휘둘렀다.

따악-!

[쳤습니다!]

은퇴를 앞둔 베테랑의 기술이 그의 방망이가 공을 건드리는 걸 허락했다.

하지만 육체적으로 한계를 맞이한 늙은 타자의 힘은 짱짱한 젊은이의 힘이 담긴 공을 이겨 내기에 역부족이었다.

담장을 넘기엔 너무나 짧은 뜬공이 양키스의 우측 외야를 유영했다.

그리고 한 남자가 그것을 기다렸다.

[자리를 잡고 기다리는 추신수! 잡아낼 수 있을 듯…… 잡아냅니다!]

양키스 우익수의 어깨가 조금만 약했다면.

또는 지금 경기가 평범한 페넌트레이스였다면.

브루스 보치 감독도, 샌프란시스코 자이언츠의 주루 코치도 열심히 팔을 돌렸을 것이다.

또한 이때를 위해 내세운 발 빠른 대주자는 무리 없이 홈 플레이트를 밟았을 것이다.

하지만 이번 경기에서만 두 개의 우익수 땅볼.

페넌트레이스에서만 무려 10개의 보살을 이끌어 낸 투수 출신 우익수의 강력한 어깨는 월드 시리즈 7차전에서의 끝내기 보살을 현실로 만들기에 충분한 역량을 지니고 있었고.

그 끔찍한 상상은 샌프란시스코 자이언츠의 3루 주자를 자리에 못 박았다.

[주자…… 뛰지 못합니다! 투아웃!]

투 아웃. 주자는 여전히 만루.

"뉴욕~ 뉴욕~!"

열띤 핀스트라이프들의 응원 아래 샌프란시스코 자이언츠의 다음 타자가 걸음을 옮겼다.

이번 경기 다시는 볼 일이 없을 줄 알았던 타자.

지난 6차전 3홈런을 때려 냈던 불타는 타격감의 사나이.

[나우 배팅, 넘버 48! 파블로- 산도발-!]

⚾

백인백색(百人百色).

사람은 누구에게나 자신만의 색깔이 있고.

우리는 그것을 개성이라 부른다.

개성의 범위는 광대하다.

작은 패션 아이템 하나도, 피어싱 하나도, 또는 움직임 하나도 개성이라 불릴 만하다.

야구 선수도 당연히 사람인바, 모든 선수가 자신만의 개성을 가지고 있다.

그중 하나가 바로 존에서 빠지는 나쁜 공에도 쉽사리 방망이를 휘두르는 성질.

우리는 그 성질을 가진 타자를 이렇게 부른다.

배드 볼 히터(Bad Ball Hitter).

언뜻 보기에는 부정적인 말처럼 보이지만, 사실 배드 볼 히터라는 건 나쁘기만 한 칭호가 아니다.

어차피 선구안도 부족하고 타율도 허접한, 즉 그냥 못할 뿐인 타자에게는 붙지 않는 칭호니까.

결국 배드 볼 히터라는 뜻은, 자신만의 스트라이크존을 설정해 적극적인 타격을 하는.

볼을 쳐서도 유의미한 결과를 만들어 낼 수 있는 타자들을 위한 명칭이며.

그 명칭의 좋고 나쁨을 결정하는 건 오로지 결과일 뿐이다.

뉴욕 양키스와 샌프란시스코 자이언츠의 월드 시리즈 7차전, 9회 초.

2사 만루의 상황에서 타석에 선 현시대 최고의 배드 볼 히터가 격언 하나를 떠올렸다.

내가 칠 수 있으면, 그건 좋은 공이다.

아이러니하게도 상대 팀 레전드인 요기 베라가 했던.
모든 배드 볼 히터의 금언과도 같은 문구.
'맞는 말이지.'
누구보다 그 문구가 진실임을 잘 알고 있는 남자가 방망이
를 거세게 쥐었다.
지금까지 성공했던 기억들이 그 남자의 손아귀에 힘을 더
했다.
그래서였다.
[델린 베탄시스, 초구!]
마운드에 선 애송이 투수의 손에서 뿜어져 나온 공이.
스트라이크존 바깥쪽으로 빠지는 그 공이.
파블로 산도발의 눈엔 아주 먹음직스러운 실투로 보였던
것은.
"흐읍—!"
그의 방망이가 지체 없이 휘둘렸다.
따악—!
[쳤습니다!]
그러나.

현시대 최고의 '히터'가 아니라 현시대 최고의 '배드 볼 히터'라고 불리는 데엔 다 이유가 있는 법.

언제나 파블로 산도발의 판단이 맞았다면 파블로 산도발이 현시대 최고의 배드 볼 히터라고 불릴 리가 없었다.

파블로 산도발의 착각과 달리 델린 베탄시스의 초구는 명백히 나쁜 공이었다.

[1, 2루간]

힘이 죽은 느린 타구가 1, 2루간으로, 그곳에서 기다리고 있던 매니 마차도에게로 향했다.

"오오오—!"

누가 봐도 가벼운 아웃코스.

아직 공이 잡히기도 전부터, 양키 스타디움이 달아올랐다.

그런데 그게 꼴 보기 싫었던 때문이었을까.

팍—!

"으읏?"

불규칙 바운드.

양키 스타디움의 잔디가, 혹은 운명의 장난질이 파블로 산도발의 타구를 높이 띄웠다.

매니 마차도의 팔이 반사적으로 움직였다.

퍼억—!

팔뚝을 강타하고 튀어 오르는 공.

매니 마차도는 통증 따위 잊어버린 것처럼 공을 향해 재차

글러브를 뻗었다.

하지만 이미 무너진 자세로 자신의 몸을 넘어 외야를 향해 가는 공을 잡아 낼 수 있을 리 만무한 일.

"NO-!"

하지만 매니 마차도와 양키스 팬들의 절규가 겹쳐질 찰나.

11월의 양키 스타디움에서 항상 기적을 써 왔던 익숙한 형체가 매니 마차도의 눈앞에 나타났다.

"……!"

그 핀스트라이프가 천천히 날아들고.

쭉 펼쳐진 그의 왼손 글러브에 흰색 공이 얌전히 안기는 장면이 매니 마차도의 눈앞에서 천천히 흘러갔다.

투욱-!

다음 순간, 마치 그림처럼, 그의 글러브가 까딱임과 동시에 흰색 공이 매니 마차도를 향해 재차 날아왔다.

매니 마차도는 홀린 것처럼 그 공을 받아, 습관처럼 왼쪽으로 던졌고.

뻐엉-!

"우와아아아아아아-!!"

"이예에에에에에-!"

그 어떠한 말로도 형언할 수 없는 기적이 양키 스타디움에 메아리쳤다.

[데릭 지터! 데릭 지터-! 데릭 지터-!]

그 기적을 향해 흰색 물결이 거세게 밀어닥쳤다.

"캡틴-!"

그 안에서 한 남자가 울며, 웃었다.

경기가 끝난 직후.

데릭 지터의 눈앞으로 수많은 마이크가 들이밀어졌다.

"지터 선수, 소감 한 말씀 부탁드립니다."

양키 스타디움의 모든 눈을 독차지한 남자가 천천히 고개를 돌려 자신을 바라보고 있는 모든 것을 눈에 담았다.

그리고 입을 열었다.

"우선, 매우 기쁩니다. 왜 안 그렇겠습니까? 무려 월드 시리즈 우승, 야구 선수로서 가질 수 있는 최고의 영예가 주어지는 순간인데 말이죠. 하지만 제가 더욱 기쁜 것은, 우리 뉴욕 양키스의 미래가 더욱 밝기 때문일 겁니다. 내년에도 이 자리에서 인터뷰를 할 수 있겠다는 생각 덕분일 겁니다."

"그 말씀은……."

인터뷰어의 말을 끊으며 데릭 지터가 계속 이야기했다.

"이번 시즌은 훌륭했습니다. 감독님은 최고 그 이상으로 팀을 이끄셨고, 베테랑들은 제 역할을 충실히 해 줬습니다. 그러나 올해의 뉴욕 양키스를 가장 빛낸 것은 역시 루키들이라고 생각합니다."

데릭 지터의 시선이 한 명, 한 명 옮겨 갈 때마다 그의 입에서 이름이 하나씩 흘러나왔다.

"게리 산체스, 조시 도널드슨, 매니 마차도, 코리 클루버. 모두 루키라고는 믿을 수 없는 활약을 펼쳤습니다. 이 친구들이 없었다면 월드 시리즈 우승은 불가능했겠죠. 아, 마지막에 세이브를 거둔 베탄시스도 빼놓을 수 없고요."

"……."

"그런데 그런 멋진 친구들에게 이제 우승이라는 거대한 경험이 더해진 겁니다. 우리 뉴욕 양키스가 내년에, 내후년에 더 강해질 것을 저는 확신합니다. 그리고……."

잠시 말을 멈춘 데릭 지터가 누군가를 향해 손짓했다.

"그리고 그 선두에 이 친구가 서 있을 것을, 저는 확신합니다. 나와, 킴. 너답지 않게 질질 짜고 있지 말고."

카메라가 모두 데릭 지터의 손길을 따라 한 동양인 남자를 잡았다.

"시즌 중에는 홈런을 맞아도, 기록을 날려도 덤덤하길래 감정 없는 외계인인 줄 알았지 뭡니까? 근데 지금 저렇게 질질 짜는 걸 보니 역시 사람은 맞았나 보네요."

"하하하하하!"

좌중을 메우는 웃음소리와 함께, 양키스의 과거와 미래가 한 앵글에 잡혔다.

"크흠, 제가 언제 질질 짰다고 그러십니까?"

"그래? 그렇다고 치자고. 거울은 봤는지 모르겠지만."

"하하하하하!"

그리고 다음 순간, 여전한 웃음 속에서 데릭 지터가 돌연 상의를 탈의했다.

"받아. 다음에는 질질 짜지 말라고 주는 거야."

"……?"

"빨리 안 벗어? 시간 없어."

얼떨결에 자신의 유니폼을 벗고, 한 자릿수 핀스트라이프를 입게 된 김신.

턱-!

그의 어깨에 손을 올린 채로, 데릭 지터가 속삭였다.

"치즈."

―뭐야 이거? 왜 킴이 2번이야?

양키스 팬이라면…… 아니, 야구를 좋아하는 사람이라면 절대로 잊을 수 없는 장면이 탄생하는 순간이었다.

유니폼 교환.

축구 같은 경우야 흔하디흔한 일일 뿐이지만, 야구에서 유니폼 교환은 극히 드물다.

하물며 상대 팀에 대한 존중의 표시도 아니고 같은 팀 내에서라면 거의 없는 일.

과거의 영광을 이끌었던 남자와 미래의 영광을 가져오리라 믿어 의심치 않는 남자 사이의, 그것도 월드 시리즈 우승을 확정 지은 직후에 이루어진 유니폼 교환은 이제 길고 긴 겨울을 보내야 하는 양키스 팬들의 흥미를 당겼다.

　

　-뭐야 이거? 왜 킴이 2번이야?

　-닥치고 감상이나 해. 역사적인 순간이니까.

　-지터가 킴에게 뭔가를 물려주려 하는군. 그가 수많은 선배에게 물려받았던 그걸.

　-그러니까 왜 킴이 2번이냐니까?

　

어젯밤부터 팬 커뮤니티를 뜨겁게 달구는 댓글들을 확인한 김신이 머리를 긁적였다.

"이거 코 꿰인 거 아닌가."

사람은 죽어 이름을 남기고, 호랑이는 죽어 가죽을 남기는 것처럼.

한 사람의 야구 선수가 은퇴하면 그가 등에 달고 뛰었던 등 번호가 남는다.

당연히 그 등 번호가 다른 사람의 등에 달리지 않는다는 건 극히 드문 일이지만, 데릭 지터의 등 번호는 달랐다.

양키스에 마지막 남은 그 한 자릿수 등 번호는 영구히 사용할 수 없는 상징이 되어 그레이트 홀에 걸릴 운명이었으니까.

그런데 그걸 받아 입었다는 건 김신이 데릭 지터의 일부분을 계승한다는 의미였다.

그중에 하나가 바로, 캡틴이라는 이름이었다.

캡틴 같은 골치 아픈 건 브렛 가드너나 게리 산체스에게 맡기고 지금의 위치 그대로를 지키려고 했던 김신으로선 패착이나 다름없었다.

"쯧, 나도 참…… 거기서 그걸 왜 받았지?"

당연히 데릭 지터가 불러서 건네는 걸 거절할 수는 없었을 것이지만 김신은 그렇게 자조했다.

거절할 마음 따위 하나도 들지 않았던, 기쁨만이 가득했던 순간을 떠올리며.

그러고 보면 데릭 지터의 타이밍 선정과 통찰력이 아주 탁월하긴 했다.

"아, 모르겠다. 설마 진짜로 등 번호를 물려주거나 하진 않겠지."

데릭 지터가 들었다면 의뭉스러운 미소를 지었을 독백을 뱉으며, 김신은 머리를 흔들었다.

지금은…… 아니, 지금부터 일주일 정도는 아무 생각도 하기 싫었다.

복잡한 생각을 정리하고 한결 편안해진 표정으로.

김신이 침대 옆자리를 살짝 들어가게 만든 동반자의 머리카락으로 손을 뻗었다.

"으응, 더 잘래."

월드 시리즈 MVP를 비롯해 인터넷 세상을 소란스럽게 만들고 있는 수많은 화제가.

그 달콤한 목소리와 함께 사라졌다.

2009년 이후 3년 만에 왕좌를 재탈환한 뉴욕 양키스는 악의 제국이라는 이름만큼이나 수많은 화제를 모았다.

데릭 지터와 김신의 유니폼 교환에는 음모론을 방불케 하는 의미가 덕지덕지 붙었고.

데릭 지터가 직접 언급한 루키들은 한데 묶여 뉴 코어6이라거나, 몇을 빼고 뉴 코어4라거나 하는 이름으로 회자됐다.

물론 그 명단을 가지고 팬들이 갑론을박했음도 당연했다.

반면 언뜻 오만해 보일 수도 있는 데릭 지터의 자신감은 소포모어 징크스를 모르냐며 질타를 받기도 했고.

김신의 월드 시리즈 MVP를 두고서는 이해할 수 없는 수상이라는 의견과 당연하다는 의견이 대립을 이루었다.

또한 김신의 부상 정도가 주목을 받기도 했고, 그 정도가 경미하다는 게 밝혀진 뒤에도 왜 조 지라디 감독이 투수를 혹사시켰는지, 그게 과연 옳았는지에 대한 논쟁이 벌어지기도 했다.

하지만 미국 팬들이 길고 긴 겨울 동안 수없이 씹고 뜯고 맛볼 다양한 화제들을 섭렵하는 것과 달리 한국에서는 단 하나의 주제가 그 모든 걸 압도했다.

〈김신의 국가대표팀 차출 향방은? 병역 면제는 이루어지는가?〉

이제 열흘 앞으로 성큼 다가온 WBC 명단 발표와 그 명단 안에 김신이 들어 있는가 아닌가. 또 그에게 병역 혜택을 주는 게 맞는가 틀린가에 대한 화두가 격렬하게 타올랐다.

한국 시리즈를 우승하면서 자동으로 WBC 한국 대표팀 사령탑을 맡게 된 류종인 감독은 안 그래도 아시아 시리즈며 포스팅 시스템을 통해 LA 다저스로 이적한 류한준이며 머리가 아픈 상황에서 해결할 길 없는 두통에 시달렸지만.

헤빈 디그라이언과 브라이언 캐시먼은 이제부터가 오히려 자신들의 시간이라는 양 언론 플레이에 박차를 가했고.

그 결실 중 하나가 어수선한 한국 야구계를 강타했다.

–염치없다는 걸 알고 있지만…… 불러만 주신다면 염치 불고하

고 은퇴하기 전에 마지막 한 번만…… 마지막 한 번만 태극 마크를 달고 뛰고 싶습니다.

한국인이라면 모를 수가 없는 야구 영웅의 호소가 전파를 타고, 기사를 타고 집집마다 배달됐다.

🥏

다음 날, 양키 스타디움.

폭풍전야와 같은 정적에 휩싸인 단장 집무실에서 캐시먼이 전화기를 들었다.

"어떻게 설득한 겁니까?"

-뭐…… 애국심도 좀 자극하고, 후배들에 대한 사랑도 조금 자극했죠. 팍이 그런 데 좀 약한 거 같더라고요.

"흠…… 그 정도로 흔들릴 남자는 아니라고 생각하는데."

-하하, 더 이상은 영업 비밀입니다.

머릿속에 상상되는 재수 없는 웃음에 인상을 찌푸리던 캐시먼.

그에게 헤빈의 물음이 날아들었다.

-그건 그렇고, 그쪽은 어떻게 됐습니까?

그 물음에 캐시먼은 그가 상상하던 것과 비슷한 미소를 지은 채 답했다.

"뭘 묻습니까. 여기도 얼추 잘 마무리됐습니다."

-그럼 됐네요. 이제 남은 건 하늘에 맡겨야겠죠.

"과연 그럴까요? 하늘이 아니라 사람에게 맡기는 게 아니고요?"

-하하, 그게 그거 아니겠습니까? 모쪼록 잘 부탁드립니다.

"예, 저야말로."

한미 양국에서 서로의 이득을 위해 힘을 합친 남자들의 대화가 마무리되고.

캐시먼의 입에서 다음 시즌 양키스의 위상을 결정 지을 첫 걸음이 떨어졌다.

삑-!

"다 들어오라고 해. 시작하지."

그 지시가 있은 지 잠시 후.

벌컥-.

빌리 리를 위시한 양키스 스태프진이 단장실에 집합했다.

일사불란하게 서류를 깔고, 빔 프로젝터를 조작한 그들은 곧장 스토브 리그를 열었다.

"먼저 가장 급한 건 장기 계약을 제시할 선수를 확정해야 한다는 겁니다."

안건이 상정되면서 스크린에 여러 선수의 사진과 이름이 떠올랐다.

올해, 또는 내년에 반드시 계약을 결정해야만 하는 선수들.

러셀 마틴, 닉 스위셔, 라파엘 소리아노, 필 휴즈, 조바 체임벌린, 커티스 그랜더슨, 브렛 가드너, 추신서가 그들이었다.

'포수 하나, 외야수 넷, 필승조 하나, 선발 하나…… 많기도 하구먼.'

절로 이마가 찌푸려지는 캐시먼의 심경을 아는지 모르는지 진행을 맡은 빌리 리는 바로 마이크에 입을 갖다 댔다.

"러셀 마틴, 다들 아시겠지만 이번 시즌 우리 팀의 주전 포수입니다. 원래는 장기 계약을 고려하고 있었지만……."

"그러기엔 게리 산체스가 너무 커 버렸지."

"하지만 놓아주기엔 우리 팀 사정이 아쉽습니다. 헤수스 몬테로와 프란시스코 서벨리도 보냈는데 러셀 마틴도 놓치면 포수진에 구멍이 뚫려요."

"맞습니다. 거기에 산체스도 이제 첫 시즌을 치른 선수입니다. 더 크려면 베테랑의 도움이 필요해요. 반드시 잡아야 한다고 봅니다."

맞는 말이었다.

이미 두 명의 포수를 내보냈는데 러셀 마틴마저 놓친다면 남는 건 게리 산체스와 오스틴 로마인뿐.

한 명이라도 부상당하거나 하면 시즌을 치르는 데 크나큰 애로사항이 생길 수 있었다.

하지만 백업 포수로 쓸 게 뻔한 선수에게 장기 계약을 선사할 수도 없었고.

그렇다고 2년이나 3년의 단기 계약을 제안하자니 충분히 다른 팀에서 주전으로 뛸 수 있는 러셀 마틴이 받아들일 리 없었다.

그래서 캐시먼이 준비해 뒀던 카드를 꺼내 들려 할 찰나.

"QO를 넣죠."

빌리 리가 먼저 움직였다.

QO(Qualifying Offer).

FA 자격을 얻은 선수에게 메이저리그 상위 125명의 평균 연봉을 제시하고, 단년 계약을 맺는 제도.

만약 선수가 이를 거절하고 시장에 나간다면 그 선수를 영입하는 팀은 1라운드 지명권을 상실하고, 원소속 팀은 1라운드와 2라운드 사이 보상 라운드 지명권을 획득하는 룰.

도입된 지 얼마 안 됐지만 딱 봐도 원소속 팀만 웃는다는 걸 알 수 있는 제도다.

타 구단은 1라운드 지명권 상실이라는 페널티에 꺼리고, 그로 인해 선수는 FA 미아가 될까 두려워 어쩔 수 없이 받아들여야 하는 경우가 대부분이겠지만.

원 소속 팀 입장에서 봤을 땐, 선수가 받으면 장기 계약을 1년 유예할 수 있어서 좋고, 아니면 보상 라운드 지명권을 꽁으로 얻을 수 있으니 좋은 손해 볼 게 없는 제도.

심지어 그 QO를 제안할 수 있는 선택권조차 원 소속 팀에 있었다.

그 점을 쉽사리 간파하고 있던 캐시먼은 얘기하지 않았음에도 같은 생각을 떠올린 빌리 리의 판단을 기꺼워하며 상황을 종결했다.

"QO를 넣는 걸로 하지. 다음."

그러자 기다리고 있었다는 듯 빌리 리의 발언이 다시 시작됐다.

"닉 스위셔, 이번 시즌 백업 외야수와 지명타자를 오가며 쏠쏠히 활약했습니다. 포스트 시즌에선 부진했지만 몸값을 생각하면 훌륭했죠."

빌리 리의 말대로 닉 스위셔는 8할이 넘는 OPS를 기록하며 약 4년간 양키스에서 궂은일을 묵묵히 해 왔다.

외야 백업은 물론이고 여차하면 클린업에까지 투입할 수 있는 스위치히터.

하지만 캐시먼의 표정은 담담했고, 빌리는 예상했다는 양 말을 이었다.

"장기 계약은 안 하실 거죠?"

"그래야지."

닉 스위셔는 몸값에 비하면 괜찮다는 거지 그 몸값이 높아지면 쓰기 애매한 계륵과도 같은 선수였으니까.

장기 계약이든 QO든 양키스에서는 그의 몸값을 감당할 이유가 없었다.

"동의합니다."

"QO도 안 하십니까? 1년 정도는 써 볼 만할 것 같은데요."

"QO가 얼만지는 알고 하시는 소립니까? 1,400만이에요, 1,400만! 1,400만이면 괜찮은 백업을 두셋은 구할 수 있을 겁니다."

"그 백업이 닉 스위셔 절반이라도 해 줄 거라고 확신합니까? 2할이나 넘기면 다행이지. 닉 스위셔는 스위치히터예요, 스위치히터. 1루도 볼 수 있는 자원인데 1,400만이 비싼 건 아니죠."

계륵의 살점에 집중한 몇몇 스태프가 이견(異見)을 냈지만 캐시먼은 간단히 묵살했다.

"아쉽긴 하지만 계약 제안은 없는 걸로. 그렇게 가지."

그 후로도 많은 선수의 이름이 떠올랐다 사라졌다.

"필 휴즈를 안 잡으면 누굴 잡습니까? 우리 양키스의 프랜차이즈 스타가 될 선수예요!"

"프랜차이즈 스타가 뉘 집 개 이름입니까? 프랜차이즈 스타면 산체스나 킴 정도는 돼야 프랜차이즈 스타 아닙니까?"

"커티스 그랜더슨, 이번 시즌 홈런왕 경쟁까지 했던 선수긴 한데…… 가을에 너무 약해요. 우리 양키스에 가을에 약한 선수가 필요합니까?"

"아니, 그게 무슨 소립니까? 포스트 시즌에 좀 부진하긴 했지만 이번 시즌 40홈런을 넘게 때린 선수예요! 이런 선수를 놓아주자고요?"

이제 1년 뒤에 FA로 풀리는 브렛 가드너, 커티스 그랜더슨, 필 휴즈, 조바 체임벌린.

"리베라의 후계자는 누구로 하실 겁니까? 소리아노? 로버트슨?"

"아무래도 소리아노가 낫겠죠. 델린 베탄시스가 다음 시즌 얼마나 하는지 보고 필승조를 조정하면 될 거 같습니다."

"그럼 소리아노는 얼마나 줄 겁니까? 지금 소리아노를 잡는 건 패착이에요. 널린 게 불펜인데?"

"이런 고루한 자를 보았나. 널린 게 불펜? 요즘 불펜 투수값이 어떤지는 알고 말하는 거요?"

"뭐야? 고루해?"

다음 시즌을 끝으로 은퇴를 천명한 마리아노 리베라의 후계자와 그로 인해 재구성될 필승조 후보군.

그 도떼기시장을 방불케 하는 고성 속에서 캐시먼은 머리를 짚었다.

"끄응."

본디 지금 언급되는 모든 선수에게 만족할 만한 계약을 선사할 수 있는 것이 악의 제국, 뉴욕 양키스였다.

그도 그럴 것이 이번 시즌 양키스는 월드 시리즈 정상에 발자국을 박아 넣은 것뿐 아니라 시즌 최다 승이라는 금자탑까지 쌓아 올렸으니까.

하지만.

'빌어먹을…… 2억 7,500만.'

풀 시즌 출장 정지라는 징계도 어느덧 끝이 나 양키스의 재정을 좀먹는 선수가 돌아올 예정인 탓에 아무리 사치세를 리셋한 양키스라도 불필요한 지출은 최대한 줄여야만 하는 처지에 놓여 있었던 것이다.

다만 그럼에도 캐시먼은 금세 그 두통을 털어 낼 수 있었다.

'뭐, 이 정도는 고민해야 형평성에 맞지.'

빌어먹을 2억 7,500만보다 더 많은 금액을 지출해야 할지언정.

그 금액을 준비하기 위해 허리띠를 졸라매야 할지언정.

상상할 때마다 입가에 미소를 드리우는 남자가 있었으니까.

"자 자, 잠시 쉬었다 하자고. 물이나 좀 빼고들 와."

어느새 푸근한 미소를 띤 채로, 정회(停會)를 지시한 캐시먼의 시선이 그라운드로 향했다.

-Kim Will Rock You-!

다음 시즌에도 울려 퍼질 응원가의 환청을 들으며.

명단장의 날카로운 시야가 2013시즌을 그려 냈다.

'우승은, 다시 양키스.'

○

기네스북을 살펴보다 보면 온갖 괴이한 기록들이 넘쳐난다는 것을 알 수 있다.

그야말로 평범한 사람은 생각하지 못하는, 기상천외(奇想天外)라 불려야 마땅한 기록들.

놀랍게도 메이저리그 기록원에 보존된 기록들을 살펴보다 보면 비슷한 탄성을 내지를 수 있다.

–이게 돼?

–이게 어떻게 가능해?

–와…… 괴물이다.

–이건 없겠지?

……하면 반드시 있는.

치고, 던지고, 달리는 놀이를 예술의 영역으로 끌어올린 남자들을 볼 수 있으니까.

140년이라는 긴 시간 동안 인종의 용광로라 불리는 미국의 국기(國技)로서 쌓아 올린 그 기록들을 상대로 후발 주자가 최초를 달성하거나 순위를 갈아치우는 건 극히 지난한

일이다.

심지어 데드 볼 시대라는, 지금의 야구와는 아예 다른 경기가 펼쳐졌던 시기까지 있으니 더더욱.

만약 누군가가 최초를 기록하거나, 오랜 시간 고착화된 순위를 갈아치우는 일이 발생한다면 그 누군가는 신드롬이라 불려도 무리가 아닌 수준의 찬사를 받으리라.

김신이 바로 그러했다.

〈김신! 사상 최초 데뷔전 퍼펙트게임!〉

데뷔전부터 불가능에 가까운 퍼펙트게임을 달성하며 최초라는 칭호를 곧바로 수확한 그 남자의 기록은 시즌이 끝난 뒤에는 도저히 입을 다물 수 없는 결과를 낳았다.

물론 누적이 필요한 기록들이나, 1904년 뉴욕 하이랜더스의 투수 잭 체스브로가 달성한 41승 등 이제는 현실적으로 불가능해진 기록들은 넘보지 못했다.

그러나.

〈원더풀, 원더풀, 원더풀! 김신, 무결점 시즌 달성!〉

31경기 30승 0패.

'무결점 시즌'이라는 새로운 용어를 만들어 낸 남자의 승률은.

승수를 승수와 패수의 합으로 나누는 계산법에 의거, 노디시전 게임이 제외되면서 1.0을 기록.

1959년 피츠버그 파이어리츠의 투수 로이 페이스가 세운 0.947을 넘어 앞으로 더 이상은 내려올 수조차 없는 1위 자리를 공고히 했고.

〈140년 사상 최저 방어율 탄생! 두 번째 0점대 방어율!〉

235이닝 동안 채 20개의 실점도 허용하지 않은 철벽은 0.73이라는 믿을 수 없는 수치를 탄생시키며 1914년 보스턴 레드삭스의 더치 레너드가 세운 0.96의 기록을 갈아치움과 동시에 유일한 0점대 방어율 투수라는 칭호까지 박탈했다.

또한 투수가 온전히 자신만의 힘으로 타자를 제압했음을 알리는 탈삼진 부문에서는.

〈9이닝 21탈삼진! 역대급 투수가 역대급 기록을 달성하다!〉

한 경기 최다 탈삼진 기록을 경신했을 뿐만 아니라.

〈놀란 라이언, 샌디 코팩스, 그리고 김신〉

전설적인 두 투수, 놀란 라이언과 샌디 코팩스의 뒤를 이어 374개의 탈삼진을 기록.

빅 유닛 랜디 존슨을 제치고 3위에 오르는 기염을 토했다.

그리고 화룡점정으로.

〈혼자만으로도 15승 이상의 가치가 있는 투수!〉

WAR(Wins Above Replacement).

선수의 역량을 가장 직관적으로 살필 수 있는 WAR에서 1999년 보스턴 레드삭스의 외계인, 페드로 마르티네즈가 세운 투수 최고의 수치인 11.6은 당연하고.

야구의 신이라 칭송받는 베이브 루스가 1923년에 기록한 15.0마저 뛰어넘은 15.3을 기록하면서.

〈김신, 야구의 신을 넘어서다!〉

누적에서는 당연히 상대가 안 될지라도.

가장 뛰어난 '19세' 시즌이 아닌, 모든 선수를 통틀어 가장 환상적인 시즌을 치러 냈음을 전 세계의 야구팬들에게 각인시켰다.

그러니.

〈김신, 아메리칸리그 신인왕 수상! 이변은 없었다!〉

신인왕은 물론이거니와.

〈아메리칸리그 사이 영, 뉴욕 양키스의 김신!〉

최고의 투수에게 수여되는 사이 영에 더해.

〈김신, 만장일치 MVP 수상!〉

투수가 극히 받기 어렵다는, MVP까지.
아무리 꼰대로 가득한 기자단이라 해도 김신의 수상을 반
대할 수는 없었다.
그로 인해.
메이저리그 역사에 없던 또 하나의 최초가 태어났다.

〈신인왕, 사이 영, MVP를 동시에 석권한 최초의 투수가 탄
생하다!〉

◉

예상하고 있었다고 해도 예상과 진짜로 그게 현실이 되는

건 다른 법.

정말로 실현돼 버린 김신의 신인왕, 사이 영, MVP 동시 수상에 팬들은 그저 감탄사만 연발했다.

　―와…… 오졌다.

　―성적 보면 이게 당연한 거긴 한데 말이지……. 진짜 말도 안 된
다 ㅋㅋㅋㅋㅋㅋㅋ

　―얼마나 좋을까? 세상을 다 가진 기분이겠지?

　└무엇을 상상하든 그 이상.

하지만 팬들의 상상과 실제 김신이 느끼고 있는 감정은 달랐다.

그들이 주목하는 것과 김신이 주목하는 것이 달랐으니까.

MVP 수상자가 발표된 뒤, 무수히 쏟아지는 축하 메시지조차 외면한 남자가 은은한 미소를 머금은 채 가슴을 쓸어내렸다.

"다행이다."

흔히들 여성의 변덕을 논할 때 '여자의 마음은 갈대'라는 표현을 사용한다.

틀렸다.

여자의 마음이 갈대가 아니라, 사람의 마음이 갈대인 것이다.

다만 대체적으로 여성보다는 남성이 감정보다 이성에 충실하기에 변화가 적게 드러날 뿐.

사람의 감정이란 끊임없이 변화하는 만변(萬變)의 요물이며.

지극한 수양으로도 통제하기 어려운 마물이다.

그런데 한 사람에게 크나큰 변화가 닥친다?

감정이 그 전과 같기가 힘든 건 당연한 일.

화장실 가기 전과 나온 뒤가 다르고.

산 정상에 서기 전과 선 후가 다른 것은 인지상정.

괜히 초심을 지키는 게 어려운 일이 아닌 것이다.

자연히 누구나 박수 칠 만한 성과를 이룬 김신의 감정도 달라질 가능성이 있었다.

오랫동안 염원하던 것을 이뤘기에 더더욱.

그래서 다행인 것이다.

"정말 다행이야."

여전히 쿵쿵 뛰며 다음 시즌 또한 먹어 치우길 바라는.

자신의 뜨거운 심장에 김신이 감사를 표했다.

그리고 나서야 김신의 손가락이 감사 인사를 위해 움직였다.

[감사해요. 나중에 밥 한 끼 대접할게요.]

[감사합니다. 더 열심히 하겠습니다.]

과거를 정리하며, 김신의 시선이 미래를 향했다,

'러셀 마틴이 떠나는 것까지야 괜찮은데…….'

어언 월드 시리즈가 종료된 지 이 주일.

월드 시리즈 종료 5일 안에 제안해야 하며, 그로부터 일주일 안에 가부를 결정해야 하는 퀄리파잉 오퍼의 결과는 이미 나와 있었다.

당연히, 러셀 마틴의 거절로.

거기까지는 괜찮았다.

원역사의 양키스도 러셀 마틴 없이 포수진을 운용했고.

게리 산체스가 대두된 지금은 그보다 나을 테니까.

하지만 러셀 마틴을 제외하고도 양키스에는 재계약이 필요한 선수가 너무나 많았다.

앤디 페티트와 마리아노 리베라를 필두로 닉 스위셔, 라파엘 소리아노, 구로다 히로키, 스즈키 이치로 모두 재계약을 기다리고 있었다.

프로의 가치는 결국 돈으로 결정되는 법이고.

월드 시리즈 우승에 시즌 최다 승을 거뒀으니 모두 조건을 높일 가능성이 높은바.

그들을 모두 잡을 수는 없는 일이었다.

물론 앤디 페티트와 마리아노 리베라는 코어4로 이름 높았던 프랜차이즈 스타들이니 웬만해서는 팀에 남을 것이었지만.

라파엘 소리아노, 구로다 히로키, 스즈키 이치로, 닉 스위셔의 이탈은 고려해야만 했다.

그뿐인가?

C.C. 사바시아는 포스트 시즌을 위해 미뤄 두었던 팔꿈치 수술이 예정돼 있었다.

"으음……."

잠시 턱을 쓰다듬으며 내년 시즌 라인업을 그려 본 김신이 결론을 냈다.

'최악의 경우라도…… 그럭저럭 크게 타격이 오진 않겠어.'

구로다 히로키가 빠지더라도 자신과 뒤늦게라도 반드시 시즌 중에 합류할 C.C. 사바시아, 앤디 페티트를 주축으로 필 휴즈, 이반 노바, 코리 클루버에 마이클 피네다까지 복귀할 선발진은 문제가 없는 수준이 아니라 차고 넘쳤고.

라파엘 소리아노가 빠진다 해도 델린 베탄시스가 일찍부터 두각을 드러낸 효과로 불펜진도 여전히 탄탄할 것이었다.

외야의 경우엔 조금 문제가 있었으나, 옛 같긴 해도 내년에 돌아올 2억 7,500만이 그나마 지명타자로는 뛸 테니 적당한 백업만 구하면 브렛 가드너, 커티스 그랜더슨, 추신서 셋으로도 일단은 버틸 수 있었다.

문제는 그다음.

'내후년부터가 문제인데…….'

필 휴즈, 조바 체임벌린, 브렛 가드너, 커티스 그랜더슨, 추신서라는 주축 선수들이 한 번에 FA로 풀리는 데다 앤디 페티트와 마리아노 리베라의 은퇴로 크나큰 공백이 생길 2014시즌이었다.

원래의 양키스라면 그들을 잡고도 남을 역량이 있었지만.

2년 차를 치르고 슈퍼2 대상자가 되어 연봉 조정을 신청할 사상 최강의 양손 투수 탓에 불가능할 터.

심지어 연봉 조정이 아니라 장기 계약을 체결하게 되면 다른 대형 계약은 어불성설이었다.

'그렇다고 양보할 순 없지.'

첫 계약에선 기껏해야 100만 달러 수준의 푼돈(?)보다 다른 게 더 중요했기에 좋은 게 좋은 거라며 넘어갔지만.

이제부터는 프로로서 자신의 가치를 깎는 행위를 좌시할 생각이 없는 김신이었다.

그렇기에 김신은 펜을 들었다.

'준비해 놓긴 했지만, 몇 가지 전언 정도는 해야겠어.'

이번 시즌 양키스의 루키 대폭발을 이끈 막후의 실력자가 손을 움직였다.

그리고.

"어, 산체스. 뭐 해? 아니, 아직도 놀고 있냐? 이제 내년 시즌 생각해야지. 뭐? 무슨 소리야? 지금부터 슬슬 생각하는 게 당연하지 않냐? 잔말 말고 나와. 상의할 게 좀 있어."

입 또한, 당연히 쉬지 않았다.

김신이 산체스를 불러내 겨울 동안 진행할 그룹 훈련에 강제로 참가시키고 있을 시각.

양키스의 유이한 한국인 중 하나, 추신서는 심각한 고민에 빠져 있었다.

"아빠! 아빠!"

"여보, 뭐 해요?"

눈에 넣어도 아프지 않을 자식들의 칭얼거림과 사랑하는 아내도 외면하게 만든 전화 한 통 때문이었다.

–신서야…… 함께해 줄 수 없겠니?

존경해 마지않는 선배의 전화 한 통.

그 전화 한 통이 안 그래도 고민 중이던 추신서의 가슴에 파문을 일으켰다.

응하지 않을 이유는 충분했다.

남들은 FA로이드라며 펄펄 날 때, 자칫 가장 중요한 서비스타임 마지막을 죽 쑬 수도 있었으니까.

그러나 추신서는 결국 가슴 깊은 곳을 계속해서 간질이는 울림에 굴복했다.

이성이 아닌 감성의 판단을 받아들였다.

"작년이 아니라 올해 트레이드됐으면 안 갔을 텐데 말이지."

입으로 뱉고 나니, 이성이 뒤따라 움직였다.

'그래, 병역 특혜를 받자마자 불참하는 건 나중을 위해서
도 좋지 않아. 그렇고말고.'

추신서의 손이 움직였다.

원 역사에서 그에게 끊임없는 안티를 제공했던 미래를 바
꾸기 위해.

"예. 접니다, 선배."

그날 저녁, 마침내 공개되었다.

〈2013 WBC 대표 팀 예비 명단 공개! 우승을 향한 도전이 시
작되다!〉

한국 야구팬들에게 환희를 불러일으킬 명단이.

그리고 마치 노리기라도 한 것처럼.

그 명단에서 가장 큰 주목을 받고 있는 남자가 근 1년 만
에 고국 땅을 밟았다.

"우와아아아아ー!"

"김신! 김신! 김신! 김신!"

인천국제공항이 팬미팅장으로 화하는 건 당연한 수순이었
다.

구름처럼 몰려든 인파 앞에서, 김신의 입이 열렸다.

〈'금의환향' 김신, "최선을 다하겠습니다."〉

데뷔하자마자 메이저리그 마운드를 평정한 무결점의 투수, 김신의 귀국에 인천국제공항이 몸살을 앓았다.

자신을 환영해 준 팬들에게 환한 미소로 답한 김신은 취재진과의 인터뷰에서 "국민 여러분의 사랑에 보답할 수 있어 기쁘다."며 WBC 대표팀 선발에 대한 심경을 전하는 것으로 말문을 열었다.

이후 WBC 참가에 대한 각오를 묻는 기자의 질문엔 "우승을 자신할 순 없지만 국민 여러분께 실망을 안겨 드리지 않도록 최선을 다하겠다."며 겸손한 미소를 보였다.

올 시즌 자신의 성적이 스스로도 믿기지 않지만, "내년에도 좋은 모습을 보여 줄 수 있을 것 같다."며 당차게 포부를 밝힌 김신은 "많은 팀이 저에 대한 전략을 준비해 오겠지만, 저 또한 한층 발전해 보이겠다."고 덧붙였다.

이어진 류한준의 성공 가능성에 대한 질문엔 "정말 훌륭한 선배님이라고 생각한다."면서, "같이 될 수 있으면 좋았을 텐데 아쉽다. 올해 다저스를 만나 보진 못했지만 류한준 선배가 합류한다면 쉽지 않을 거 같다. 팀의 2연패를 막는 가장 큰 장애물이 되지 않을까 생각한다."며 류한준의 성공을 확신했다.

올 시즌 30승 0패, 평균 자책점 0.73을 기록하며 신인왕, 사이 영 상, MVP를 모조리 휩쓸고, 메이저리그에 '무결점 시즌'이라는 신조어를 만들어 낸 김신은 2주간의 짧은 국내 일정을 가진 후 WBC 준비를 위해 다시 미국으로 출국할 예정이다.

공항에서부터 구름 인파를 소집하며 한반도의 관심을 하나로 끌어 모은 김신의 2주는 빠르게 흘러갔다.

"이게 끝이죠?"

"네, 이게 끝입니다. 고생하셨습니다."

"후…… 새삼 세상에 쉬운 일이 없다는 걸 느끼네요."

차라리 그라운드에서 공을 던지고 뛰는 게 낫겠다면서 불평을 하긴 했지만 헤빈의 의사에 따라 세 개의 광고를 찍었고.

"오늘 정말 모시기 힘든 분을 어렵게 모셨습니다. 소개합니다! 무려 미국에서 신드롬을 일으킨 남자, 김신 선수입니다!"

"안녕하세요, 김신입니다."

"와, 이거 진짜야? 진짜 김신 선수가 온 거야?"

"대역 아냐? 대역 아니면 어떻게 여길 와?"

전생과 현생을 통틀어 가장 좋아했던 예능, '한계 도전'에 출연해서는 탁구공 투수가 되어 빅 웃음을 선사했다.

또한 잔잔한 토크쇼, '힐링 텐트'에 출연하여 팬들이 손꼽아 기다려 왔던 여러 가지 비화(祕話)를 전했다.

"많은 사람이 궁금해하는 질문을 안 할 수가 없는데요. 고등학교 때 전교 1등을 도맡아 하실 정도로 공부를 잘하셨다고 알고 있는데, 어떻게 갑자기 야구 선수가 될 결심을 하셨어요?"

"음, 공부는 해야 하니까 한 거였고, 야구는 좋아하는 거였으니까……라는 게 가장 적절한 답변인 거 같네요."

"너무 간단한데요. 조금만 더 말씀해 주시죠."

"아주 어렸을 때부터 야구를 좋아했어요. 곧잘 하기도 했고요. 근데 중학교 들어가면서 이제 공부를 해야 하니까. 그래서 공부를 했죠. 야구는 취미로만 하고요. 근데 대학 갈 때가 되니까 너무…… 아쉽다? 그런 감정이 들었어요. 한 번뿐인 인생인데 하고 싶은 걸 해야 하지 않나, 하는 생각이요. 계속 고민했는데, 수능을 보다가 문득 '아, 정말 안 되겠다. 야구를 해야겠다.' 이런 확신이 들었죠."

많이 늦었지만 후회를 바로잡았던 일.

"그러셨군요. 그런데 아무리 그래도 수능 시험 도중에 자리를 박차고 나오는 건 정말 쉽지 않은 일이었을 텐데요. 수능 시험을 끝까지 보지 못한 게 아쉽다거나, 후회되진 않으세요?"

"전혀요. 그때 시험을 끝까지 봤다면 결국 야구 선수로서의 길을 선택하지 못했을 것 같아요."

"아……."

수능 시험을 왜 끝까지 보지 않았는가에 대한 답변.

"여기 또 익명의 팬분이 보내 주신 질문이 있네요. '김신 선수는 92년 10월 1일생인데, 어떻게 2010년에 고등학교를 졸업하셨죠? 빠른 년생도 아니신데요.'라고 하셨습니다. 답변 부탁드려도 될까요?"

"네, 그럼요. 그냥 간단해요. 제가 좀 떼를 썼어요. 왜 그랬는지 모르겠는데, 어렸을 때 같이 놀던 친구들이 다 91년생이었거든요. 걔네들이 다 학교 간다는데 저만 안 가면 이상하잖아요. 그래서 아버지한테 졸랐죠. 입학시켜 달라고. 그래서 뭐, 1년 조기 입학했어요."

"아하, 그러셨군요. 친구들 사이에서 족보를 꼬이게 만드는 주범이시겠는데요?"

"어…… 제가 친구가 거의 없어서, 그렇지는 않습니다. 어렸을 땐 잘 놀았는데 중학교에 들어가면서 이사도 했고, 공부에 집중하기 시작하면서부터 자연스럽게 멀어진 거 같아요."

"그, 그렇군요. 하하."

뉴욕 양키스의 2012 월드 시리즈 우승 축하 파티가 무알콜 샴페인으로 치러지게 만든 세 주역 중 하나이자.

언뜻 보기엔 부자연스러운 그의 나이대에 대한 소명.

그리고 숨 가빴던 2주의 끝에서.

김신이 선 곳은 약 1년 전, 그의 아버지 김성욱 교수가 찾

앉던 곳과 같은 장소였다.

"엄마."

아버지와 아들의 시선이 시간의 차이를 뛰어넘어 같은 사람에게로 향했다.

"……감사해요."

시간은 유수와 같이 흘렀다.

〈여기도 부상, 저기도 부상! 부상과 사투를 벌이는 류종인호!〉

〈WBC 대표팀 적신호의 연속! 4명이나 줄줄이 이탈해〉

〈류한준, 눈물의 인터뷰. WBC 불참 선언!〉

〈김신은 소년가장? 류종인 감독의 깊어지는 고민〉

〈WBC 대표팀, 2월 11일 소집! 공식 일정 확정돼〉

〈박천후가 생각하는 WBC 대표팀 위기론. "우리는 결코 약하지 않다."〉

〈본선 1라운드 첫 경기 상대는 네덜란드! 이후 호주, 대만과 승부 겨뤄〉

〈역대급 라인업 완성한 대만 대표팀. 2라운드 진출 최대의 난적!〉

성큼성큼 다가오는 WBC에 대한 관심으로 야구팬들이 엉덩이를 들썩이는 동안, 김신은 플로리다에 있었다.

거액에 고용된 실력 있는 영양사가 준비한 식단을 받아 자리에 앉은 김신이 습관처럼 스마트폰을 열어 간밤에 올라온 기사를 확인했다.

"흠."

상황은 네덜란드와의 1차전에서 충격의 패배를 당하고 축구로 따지면 골득실 룰과 비슷한 TQB(Team Quality Balance, 득점/공격한 이닝 – 실점/수비한 이닝) 룰에 의해 광탈당했던 원역사대로 흘러가고 있었지만.

김신은 1라운드 통과를 크게 걱정하지 않았다.

전과는 달리 1차전을 확실히 막아 줄 김신이라는 투수와.

"일찍 일어났네?"

"아. 오셨어요, 선배?"

"어, 뭐 재밌는 거라도 있었어?"

"아뇨, 그냥 기사 보고 있었어요."

자신을 위해 준비된 식단을 받아 김신의 앞에 앉는 이 남자.

"뭐래. 특별한 거 있나."

"그냥…… 대만이 만만치 않다, 정도?"

"대만? 뭐, 대만이 좀 잘하긴 하지."

"그래요?"

"근데 우리 상대는 아닐걸. 한준이가 빠진 게 아쉽긴 하지만 너도 있고, 천후 선배도 있고, 나도 있잖아."

김신의 팀 동료이자, 대한민국 최고의 타자.

추신서가 있었으니까.

"오히려 쿠바랑 일본이 문제지. 2라운드 가게 되면 만날 텐데, 쉽지 않을 거야."

"그러게요. 한일전…… 지면 안 되겠죠."

"당연하지. 졌다가는 귀국할 생각은 마라."

그들이 2라운드에 만날 강적들에 대해 대화를 나눌 무렵.

이 플로리다 캠프를 결성하는 데 지대한 공헌을 한 물주가 모습을 드러냈다.

"여, 코리안 가이즈. WBC 때문에 바쁘신가?"

"오셨어요, 사바시아 씨."

"엇차! 오늘은 뭐지? 뭐야. 또 풀 쪼가리야? 이봐, 제시. 이거 정말 괜찮은 거 맞아?"

C.C. 사바시아. 양키스의 전(前) 1선발이자 김신에게 전통을 계승해 줬던 남자 중의 하나.

김신에게 같이 훈련할 것을 제안했다가 졸지에 군식구를 여럿 받아들이게 된 피해자였다.

"좀 주는 대로 먹을 수 없어요!? 어린애야, 정말."

"아니, 그렇잖아. 이렇게 매일 풀만 먹으면 어떻게 시즌을 치르란 말이야?"

"후우…… 제가 언제 풀만 줬다고 그래요. 미스터 사바시아 눈에 고기만 보이니까 그렇겠죠. 그리고 영양 밸런스를 위해선 채소들도 적절히 먹어 줘야 한다고요."

괜한 반찬 투정으로 자신이 고용한 영양사와 실랑이를 벌이던 그가 투덜거리며 식탁에 앉는 것을 시작으로.

김신에게 꼬임당한 사내들이 속속들이 등장했다.

"좋은 아침입니다!"

"아침은……. 해가 중천에 걸린 지가 언젠데 아침이냐?"

"일어난 지 얼마 안 되면 다 아침이야. 너무 빡빡하게 그러지 말자."

보기 좋게 그을린 게리 산체스와 그 뒤에서 조용히 인사하며 들어오는 코리 클루버.

"벌써들 시작하고 있었네요."

"어젯밤에 뭐 했어. 눈 밑이 시커먼데?"

"그거 인종 차별적 발언 아닙니까?"

"워워! 장난이야, 장난."

C.C. 사바시아의 장난기 어린 입을 단번에 다물게 만드는 이반 노바.

"신, 요즘 훈련은 좀 어때. 잘돼 가?"

"그럭저럭요."

어느새 옆에 앉아 다정하게 안부를 물어 오는 필 휴즈까지.

다른 사람을 따라가느라 아쉽게 참가하지 못한 델린 베탄시스를 제외한 김신 스터디의 구성원들이 모두 모여 있었다.

"그건 그렇고, '곧'이지?"

"네, 일주일쯤 뒤엔 떠나야 해요."

"기왕 가는 거 우승하고 오라고. 시즌 생각하다가 후회 남기지 말고. 이번엔 좀 부진해도 돼. 내가 다 메울 테니까. 그리고 솔직히 지난 시즌은 너무 인간미 없었어."

두 시즌 연속으로 일찍 몸을 끌어 올리는 데다가 이번엔 심지어 시즌 개막 한 달 전부터 경기를 치러야 하는 김신을 걱정하는 C.C. 사바시아에게.

씨익—!

"글쎄요. 사바시아 씨야말로 걱정 말고 천천히 재활하셔도 돼요."

김신은 승리의 상징으로 불리는 미소를 지어 보이며 자리에서 일어났다.

"가자, 산체스. 훈련해야지."

"제발 숨 좀 돌리고 하자, 숨 좀 돌리고."

그리고 일주일 뒤.

2013년 2월 9일.

"진짜 인간미 없는 자식. 기어코 완성하고 가네. 이게 말이 되냐? 일부러 지금까지 살살 한 거지?"

"그럴 리가 있냐. 어쩌다 보니 타이밍이 맞은 거지. 그리

고 왜 안 돼? 하면 다 돼. 형 없는 동안 더 열심히 해라. 소포
모어 징크스 알지? 상대는 네 팬티까지 훑을 텐데 거기에 당
하지 않으려면 지금대로는……."

"그만. 귀에 딱지 앉겠다. 알아서 할 테니까 가기나 해."

"쯧쯧! 걱정된다, 걱정돼. 뉴욕 양키스 주전 포수라는 자
식이."

"아오, 진짜. 네가 우리 엄마냐? 알아서 한다고!"

끝까지 게리 산체스에게 잔소리 폭탄을 선물한 남자가 비
행기에 올랐다.

〈WBC 대표팀, 기자회견을 시작으로 본격적인 행보 돌입!〉

〈"그랜드슬램, 우리가 해버리겠습니다." WBC 대표팀의 출사
표!〉

한층 발전해 보이겠다는 자신의 발언을 120% 지켜 내고.
WBC 본선에 진출한 15개 팀과 메이저리그 29개 팀에게
악몽을 보여 줄 악마가.

썩어도 준치다

　인간이 사회적인 동물이라는 사실은 가타부타 첨언이 필요 없는 주지의 사실이고.

　그러므로 인간이 조직을 이룬다는 건 이상할 것 하나 없는 당연한 일이다.

　그런데 아이러니하게도 조직을 이룰 때까지, 그 조직이 어느 정도 자리를 잡기 전까지 서로가 서로를 필요로 하던 인간이란 동물은.

　조직이 자리를 잡은 후에는 '배타적인' 성향을 띠는 경우가 많다.

　마치 아무리 똑똑하고 잘난 사람이라도 사람의 무리 안에서는 어리석은 군중의 한 사람이 되는 것처럼.

조직이 생명을 얻고 꿈틀거리며, 구성원의 육체와 정신을 지배하기 시작하면 이방인이 그 조직 안으로 아무 잡음 없이 합류하는 일은 거의 불가능하다.

특히, 소위 말하는 굴러들어 온 돌.

능력 있고, 자신의 자리를 위협할 만한 이방인일수록 더욱 그러하며.

조직이 오래되고, 조직 구성원 사이에 많은 공통점을 공유하고 있을수록.

또한 높은 자격 조건을 요구할수록 그 공통점에 해당하지 않는 이방인은 더더욱 겉돌 수밖에 없다.

강렬한 기억이 남는 어린 시절. 중, 고등학교 때부터 이어진 인연.

한두 다리만 건너면 아는 사이인 데다, 같은 관심사를 공유하고 같은 장소를 경험한 관계.

거기에 군대 저리 가라 할 정도로 강력하고 경색된 선후배 문화와 장유유서로 대표되는 나이 문화까지.

아무리 40대의 정신을 가진 김신이라 하더라도 KBO를 주축으로 구성된 한국 대표팀에 편하게 자리 잡을 수는 없었다.

그는 중, 고등학교 시절을 야구가 아닌 공부에 파묻혀 지냈으며.

KBO를 건너뛰고 MLB에서 곧바로 야구 생활을 시작했으니까.

더군다나 위계질서를 흔들 수 있는 '잘나가는 어린 루키'이
기도 했다.

뭐, 그래도 별 상관은 없었을 것이다.

야구가 체인처럼 유기적인 호흡이 중요한 스포츠는 맞지
만 그의 보직은 그 호흡에서 가장 자유로운, 홀로 마운드를
지키는 선발 투수였고.

건드려서는 안 되는 천외천의 존재로 경외받을지언정 무
시당할 일은 절대 없었으니까.

오히려 그의 존재감은 잘 이용하기만 한다면 그를 제외한
나머지 선수들의 응집력을 극대화할 가능성이 있을 정도로
막대한 수준이었다.

물론 그것은 김신이 원역사의 한국 대표팀에 떨어졌을 때.

그러니까…… 김신을 비호하는 두 남자가 없었을 때의 이
야기였다.

"반가워. 전화 말고 실제로는 처음이네?"

"아, 네. 안녕하십니까, 박천후 선배."

"너무 각 잡지 마. 편하게 해, 편하게. 무려 무결점 투수
아냐."

"하하……."

기자회견이 끝나고 부러 찾아와 김신의 어깨를 두드리는
박천후.

"박 선배, 저는 이제 보이지도 않습니까?"

"왜 이래? 와 줘서 고맙고 또 고맙지."

"됐습니다. 가자, 신아."

"어……."

"가긴 또 어딜 가? 신소리 그만하고 밥이나 먹으러 가자."

애초부터 같은 비행기를 타고 온 팀 동료, 추신서.

각각 최고참과 실세.

투타 양면에서 팀을 휘어잡고 있는 존재들이 그를 가호하고 있었다.

"승한아, 같이 가자."

"이대후! 얼른 와!"

회사로 따지자면 사장과 부장이 동시에 예뻐하는 데다 능력까지 있는 낙하산이었으니 그들의 인맥을 이어받은 김신이 쉽사리 팀에 섞여 들어가는 건 매우 당연했다.

"서로 알지? 이쪽은 김신. 이쪽은 오승한."

"대후, 니 무결점 시즌이라고 아나? 야가 갸다. 독한 놈이다, 인마가."

"안녕하십니까. 김신입니다."

뻗대지 않고 싹싹한 모습 조금만 보여 주면 되는 일이었으니 긴 사회생활 경험을 가진 그에게 얼마나 쉬우랴.

"김신, 김신. 눈꼴 시리네, 진짜. 우린 들러리야, 뭐야?"

물론 비슷한 나이와 경력을 가진 신인들의 가슴속에 피어오르는 상대적 박탈감과 그로 인한 불만이 없을 수는 없었지만.

"됐어. 그럴 만하잖아. 무려 메이저리그를 초토화한 무결점 투수 아니시냐. 우린 굿이나 보고 떡이나 먹으면 돼. 병역 버스 달달하게 타러 가즈아!"

최초에 태극 마크를 달고자 하면서 김신이 상정한 최악보다는 확연히 나았다.

비교 자체가 안 될 만큼.

'이 정도면 뭐…….'

단기적으론 전혀 문제가 없고.

장기적으로 가도 그가 무너지지만 않는다면 전혀 지장이 가지 않을 정도의 잡음.

김신은 만족스럽게 고개를 끄덕이며 스테이크를 입에 넣었다.

"여기 맛있네요. 미국에서 먹던 것보다 훨씬 나아요."

"한국이잖냐. 한국인은 한국에서 밥을 먹어야지."

그런데 고참들과의 식사를 순조롭게 마친 김신에게 아직 만족하긴 이르다는 듯이 또 하나의 소식이 전해졌다.

"반가워요. 내가 류종인이에요."

"예, 감독님. 불러 주셔서 감사합니다."

"감사하긴, 뭘. 내가 감사하지. 와 줘서 고마워요. 덕분에 한시름 놨어요."

식사가 끝나자마자 그를 호출한 대표팀의 감독, 류종인이.

"부른 건 다름이 아니라 선발 일정을 조율하려고 불렀어요. 네덜란드전, 부탁해도 되죠?"

"물론입니다!"

안 그래도 김신이 요청하려 했던 네덜란드와의 본선 1라운드 1차전 선발을 부탁해 왔던 것.

"그래요. 사실 대만이 제일 걱정되긴 하는데, 2라운드를 생각하면 1차전에 출전하는 게 맞는 거 같아요."

1라운드를 1위로 통과하면 2라운드에서 가장 처음 만날 상대, 일본.

절대로 질 수 없는 한일전을 겨냥한 협회와 류종인의 판단이 김신에게 또 하나의 만족감을 선사했다.

'굿.'

다음 날.

김신의 몸이 다시 비행기를 타고 대만으로.

참사라 불리는 사건이 벌어졌던 그곳으로 향했다.

'반드시……'

이번에는 그 참사를 역사에서 삭제하기 위해.

김신과 한국 대표팀이 짧은 팀 훈련과 연습 경기를 위해 일찌감치 대만으로 떠났을 시각.

쾅-!

미국에서는 한 성격 하는 노인이 애꿎은 책상을 괴롭히고 있었다.

그의 이름은 그렉 매덕스.

캐시먼의 수작질로 조 토레에게 갔어야 할 미국 대표팀 사령탑이라는 짐을 대신 짊어진 남자였다.

"빌어먹을!"

로스터가 결정될 때까지는 순풍을 단 듯 아주 좋았다.

순백의 도화지를 다른 색으로 물들이고.

아무도 밟지 않은 전인미답의 눈밭에 발자국을 남기며 기이한 쾌감을 얻는 것처럼.

김신이라는 무결점의 남자에게 '최초로' 패배를 선사하고 싶어 하는 선수들이 WBC라는 천고의 기회를 맞아 분연히 일어났으니까.

더군다나 그렉 매덕스를 간접적으로 감독 쟈리에 앉힌 캐시먼 또한 미적지근하게나마 선수 차출에 협력하면서……

포수 : 조 마우어, 조나단 루크로이.

1루수 : 마크 테세이라, 프린스 필더.

2루수 : 더스틴 페드로이아, 브랜든 필립스.

3루수 : 데이비드 라이트, 에반 롱고리아.

유격수 : 트로이 툴로위츠키, 데릭 지터.

외야수 : 지안카를로 스탠튼, 애덤 존스, 마이크 트라웃.

투수 : 저스틴 벌랜더, R. A. 디키, 라이언 보겔송.

그야말로 올스타에 비견되는 라인업이 완성된 상태였다.

하지만 거기까지.

라인업은 환상적이었지만 그 라인업을 이루는 선수들이 처음 합을 맞춰 보는 건 어쩌면 3월일지도 몰랐다.

아니, 어쩌면 합 따위는 맞춰 보지도 못하고 경기에 들어가야 할 수도 있었다.

"지들밖에 모르는 새끼들. 뭐? 그레이트 아메리카? 개나 주라고 해!"

단장들이 선수들의 합류 시기를 최대한 늦추고 있었기 때문이었다.

물론 다음 시즌에 영향이 갈 만한 행위를 최대한 줄이고 싶은 게 단장의 마음이고.

아무리 타도 김신을 외치긴 했어도 선수들에게 가장 중요한 건 다음 서즌 자신의 성적과 그걸 생산해 낼 몸 상태이긴 했다.

하지만 이번은 다르지 않은가.

쾅—!

참지 못하고 한 번 더 책상의 목숨에 유의미한 위협을 가한 그렉 매덕스가 한술 더 떠 그 위에 걸터앉았다.

"후…… 두 번이나 고배를 마시고도, 이렇게 여론이 따라주는 데도 엉덩이나 뒤로 빼고 앉았다니."

신드롬을 만들어 낸 김신과 그로 인해 들불처럼 형성된 WBC에 대한 관심.

그걸 이용해 지난 2006년과 2009년의 실패를 설욕하고 야구 종주국으로서의 자존심을 세울 생각을 해도 모자란데 자기 밥그릇 챙기기에 연연이라니.

심지어 그 신드롬의 대상자는 벌써부터 칼을 갈고 있었다.

아주 날카롭게.

"쯧, 그래도 두 시즌 연속은 좀 힘들 텐데."

혀를 차며 김신의 훈련 캠프에 심어 뒀던 스파이로부터의 첩보를 떠올린 그렉 매덕스가 제자를 걱정했다.

-완전히 몸을 끌어 올리고 있습니다. 훈련은…… 자세히 말씀드리긴 좀 그렇습니다만 새로운 구종을 장착하려 하고 있고요.

새로운 구종의 장착에 더불어 시즌 개막이 아닌 WBC를 정조준한 육체 빌딩.

설령 밤새 술을 마셔도 다음 날 멀쩡히 일어나는 만 20세의 젊은 나이라도 두 시즌 연속으로 일찍 몸을 끌어 올리는 건 만만치 않은 일이었다.

-만약 적으로 만나면 각오하십시오.

뉴욕 양키스에서 떠날 때, 김신이 남긴 경고가 문득 섬뜩하게 다가온 그렉 매덕스가 말을 흘렸다.

"독한 놈……."

그러나 그에 맞서 자신이 선언한.

두들겨 맞게 해 주겠다는 말을 지키기 위해.

그렉 매덕스는 다시 전화기를 들었다.

"헬로? 캐시먼, 정말 이럴 겁니까?"

-저도 충분히 노력하고 있는 거 아시지 않습니까.

그러나 캐시먼은 절대로 그렉 매덕스의 바람을 이뤄 줄 생각이 없었다.

-그리고, 이 정도 로스터로 불평하면 안 되는 거 아닙니까?

다른 단장들을 설득해 타 팀의 핵심 선수는 차출하도록 했지만 정작 자신은 데릭 지터와 마크 테세이라, 스스로 조절할 수 있는 베테랑들의 차출만을 허락한 채 루키들의 차출은 결코 허락하지 않은.

그러면서도 단장들의 이기심을 적절히 충동질해 선수들의 합류를 지연시키고 있는 능구렁이가 가면을 썼다.

-물론 최선은 다하겠지만 확답드릴 수 없습니다. 그럼 바빠서 이만.

미국 대표팀 감독의 고민이 깊어 갔다.

"후우……."

애타는 그렉 매덕스의 마음과는 반대로 대한민국 대표팀의 훈련은 화기애애하고 순조롭게 진행됐다.

시간이 흘러 2013년 2월 19일.

대표팀의 전력을 점검하고 긴 시간 게임을 뛰지 않은 선수들의 경기 감각을 끌어 올릴 연습 경기가 열렸다.

[안녕하십니까, 시청자 여러분! 올해는 겨울부터 인사드리게 되어 매우 기쁩니다! 전 세계 야구인의 축제, 월드 베이스볼 클래식을 준비하는 대한민국 대표팀과 올해부터 합류해 리그에 새로운 바람을 불어넣을 신생 팀, NS 드래곤즈의 연습 경기가 곧 시작됩니다!]

무려 전국 중계로.

"역시 김신이 참 복덩이야."

기대 않고 산 메이저리그 중계권 덕에 쏠쏠한 이득을 본 MBS는 물론이거니와.

"이거라도 챙겨 먹어야지."

그걸 손 빨고 바라만 봐야 했던 타 방송사들이 눈에 불을 켜고 달려들었던 것.

그 덕에 대한민국의 눈이 김신에게로 집중됐다.

"김신, 김신 하는데 얼마나 대단한지 보자."

그리고 그 경기가 끝났을 때.

뻐엉-!

현장에 있던 선수들, 관계자들뿐 아니라 김신의 경기를 제대로 지켜본 적 없던 국민들 모두는 강제로 체감해야 했다.

"이게…… 김신……!"

메이저리그를 초토화시킨 무결점 투수란 게 어떤 존재인지.

뻐엉-!

많이도 필요 없었다.

고작 한 20개 정도의 포심.

그 정도면 충분했다.

김신이라는 남자가 어떤 투수인지 수십여 명의 야구 관계자들에게 각인시키기에는.

"아따, 살벌하구먼."

그의 등 뒤를 바라보던 같은 대표 팀 선수들도.

"이걸 어떻게 치라는 거야?"

그의 포심을 맞상대해야 했던 NS 드래곤즈 선수들도.

"허……!"

심지어 경기장에 있어서는 안 될 불청객들까지도.

모두 절레절레 고개를 저었다.

김신이 2이닝을 순식간에 삭제하고 내려간 뒤.

심판 연수를 받는다며 몰래 들어온 대만 대표팀의 전력 분석원들 사이에 침묵이 내려앉았다.

그들이 챙겨 온 태블릿 PC며 수첩이며 초시계가 공허하게 깜빡였다.

"……."

그러나 그들에게는 사명이 있었다.

자국에서 열리는 본선 1라운드.

가장 큰 걸림돌인 한국 대표 팀의 전력을 낱낱이 분석해 내야 했다.

그걸 위해 양심을 찍어 누르고 이 자리에 서 있는 것이 아닌가.

꿀꺽-!

누군가의 침 삼키는 소리와 함께 대만 전력 분석원들이 하나둘씩 정신을 차렸다.

"그, 그래. 김신은 어차피 논외였잖아. 이제부터가 중요해."

"마, 맞아. 그렇지. 어서 준비하자고. 다음이……."

그러나.

벌컥-!

"여기서 뭣들 하시는 겁니까!"

"……!"

그들에게 더 이상의 기회는 없었다.

그들이 누구인지, 무엇을 노리고 여기 왔는지 속속들이 알고 있는 회귀자가 가만있을 리 없었으니까.

"당장 나가십시오! 다 알고 왔습니다!"

한국 대표팀 수석 코치, 양승문의 일갈에 별다른 반박도 하지 못한 채 대만 전력 분석원들이 일거에 내쫓겼다.

'나야 뭐 상관없는데. 다른 팀원들도 분석하게 내버려 둘 순 없지.'

오늘의 해프닝을 정확하게 기억하고 있던 김신이 아이싱

을 한 채 웃었다.

<대만 꼼수 저발. 연습 경기에 전력 분석원이?>
<대만의 '007 작전'. 비공개 경기에 전력 분석원을 잠입시켜>

NS 드래곤즈와의 4연전.
대만 군인 선발팀과의 단판.
대만 실업 선발팀과의 단판.
총 6개의 경기 중 김신은 세 번 마운드에 올랐다.
그동안 단 한 개의 점수도 내주지 않았다.
오직 포심만으로.

<명불허전! 메이저리그 구종 가치 1위에 빛나는 김신의 포심!>
<포심만으로도 충분해. 100마일 포심에 맥을 못 추는 선수들>

–얘가 KBO에 오면 진짜 언터처블이겠다. 건드리질 못하네.
ㄴ건드리긴 했지. 플라이에 땅볼에 아웃만 당해서 그렇지.
ㄴ그게 그 말.
ㄴKBO에서만 언터처블이겠냐? MLB에서도 언터처블인데?

다만 2이닝씩을 꽁꽁 틀어막은 김신의 활약에 비해 대표팀의 성적은 그리 좋지 못했다.

〈6경기 동안 총 14점. 경기당 3점을 채 내지 못하는 빈약한 타선!〉
〈투타 불균형 심각해! 한국 대표팀, 특단의 대책이 필요!〉

추신서가 분투하긴 했지만 그 혼자서는 한계가 있는 법.
타선이 전체적으로 침체되면서 6경기 동안 3승 2패 1무.
한 수 아래로 평가받는 팀들과의 연습 경기 결과라기엔 믿을 수 없는 성적표가 팬들에게 떨어졌던 것이다.

-추신서 무슨 소년 가장임? 혼자만 치네 혼자만 ㅋㅋㅋㅋㅋㅋ
와 속 터져.
└이게 KBO의 매운맛이다. 몰랐지? 아, 홈런을 치든가 ㅋㅋㅋ
ㅋㅋㅋ
└웃프다. 웃퍼. 해외파는 잘해 주는데 KBO 새끼들이 빠져 가지고 버스 탈 생각만 만만이네.

그럼에도 본선 1차전의 결과를 묻는 질문에는 대부분의 팬이 승리를 골랐다.
그야 메이저리그에서도 0점대 방어율을 자랑하는 투수가

최소 7~8이닝을 책임져 줄 예정이었으니 어찌 보면 당연한 판단이었다.

　-1차전은 괜찮은데…… 그 뒤가 걱정되네.
　-대만이 만만치 않아. 거기다가 홈이잖아. 원래 집에서는 개도 반은 먹고 들어가는 건데…….
　-네덜란드는 별거 없음?
　└김신이랑 추신서 둘이 뛰어도 이길 듯.
　└진짜 오버하는 건 종특인가? 쯧쯧, 적당히 해라.
　└김신이 완봉하고 추신서가 홈런 치면 이기는 거 맞는데? 야알 못 꺼져라.
　└할 말을 잃었다 ㅋㅋㅋㅋㅋㅋㅋㅋㅋ

　하지만 그들의 낙관과 달리 네덜란드는 절대 만만한 상대가 아니었다.
　그냥 보기엔 LA 다저스의 마무리 투수, 켄리 잰슨과 아이들처럼 보이지만.
　텍사스 레인저스가 자랑하는 최고의 유망주, 주릭슨 프로파.
　무키 베츠와 함께 보스턴을 이끌 스타 유격수, 잰더 보가츠.
　곧 각성하여 일본 리그를 초토화할 거포, 블라디미르 발렌틴.

머지않아 광주 사람들에게 큰 사랑을 받을 로저 버나디나.

그리고 마지막으로······.

'내야를 뚫기가 쉽지 않을 거야.'

수비 괴수들이 즐비한 메이저리그에서도 첫손가락에 꼽히
는.

수비의 아이콘이 될 남자, 안드렐톤 시몬스까지.

즉, 네덜란드 팀은 아직은 개화하지 않았지만 그 잠재력만
큼은 훌륭한 유망주들이 즐비한 팀이었으며.

강력한 수비와 부족하지 않은 타선을 갖춘, 대만 따위와는
비교도 되지 않는 강적이었다.

그 사실을 잘 아는 김신은 결코 낙관하지 않았다.

그러나 낙관하지 않는다고 해서, 김신이 좌절하거나 비관
할 리는 만무한 일.

'뭐, 하던 대로 하는 수밖에.'

딸칵-!

'하던 대로'가 가장 무서운 남자의 방에서 불이 꺼졌다.

다음 날.

2013년 3월 2일 타이중 저우지 야구장.

홈팀인 대만의 경기에 버금가는 관중이 구장을 가득 채웠다.

그리고 어둠이 옅게 내리깔리는 오후 7시 30분.

같은 조에 속한 호주나 대만은 물론이거니와 한국과 미국, 앞으로 2라운드에 만날 게 유력한 쿠바와 일본까지도 주목하는 경기가 시작됐다.

[안녕하십니까, 시청자 여러분! 여기는 대한민국과 네덜란드, 네덜란드와 대한민국의 월드 베이스볼 클래식 B조 본선 1라운드 경기가 펼쳐지는 타이중 저우지 야구장입니다! 먼저 자랑스러운 우리 대한민국의 라인업입니다. 1번 타자 2루수 정건후, 2번 타자 우익수 추신서. 추신서 선수가 2번으로 출전했습니다. 3번 타자……]

본디 타이중 참사라 불리며 0-5의 영봉패를 당하고 국내 팬들의 극찬(?)을 받았어야 할 경기.

그 경기가 1회 초부터 바뀌어 나갔다.

따악-!

[쳤습니다! 1, 2루간…… 빠집니다! 정건후의 기분 좋은 선두타자 안타! 아, 시작이 좋아요!]

[제구가 아주 잘된 공이었는데, 정건후 선수가 팔을 쭉 뻗으면서 툭 갖다 댔습니다. 아주 기술적인 타격이에요.]

1번 타자로 출전한 정건후가 무너진 자세에서도 집중력을 발휘하여 콘택트를 해낸 타구가 1, 2루를 관통한 걸 시작으로.

뻐엉-!

[볼넷! 추신서가 자신의 장기인 선구안으로 볼넷을 얻어 냅니다!]

[이건 거의 거름 거나 마찬가지죠. 스트라이크존에 제대로 들어온 공

이 없어요.]

[아무래도 월드 시리즈 우승 팀, 뉴욕 양키스의 주전 클린업 아니겠습니까. 부담이 될 수밖에 없겠죠. 디에고 마크웰 투수, 초반부터 흔들리고 있습니다.]

추신서의 볼넷으로 무사 1, 2루.

이후 김태곤이 병살타를 치면서 찬물을 끼얹었었음에도.

따악-!

[아아-! 큽니다! 좌측 담장! 좌측 담장! 좌측 담장! 넘어갑니다-! 이대후의 투런 포! 1회 초부터 기선을 제압하는 대한민국!]

[좋아요, 아주 좋아요! 이래야죠! 역시 우리 대한민국 대표팀은 실전에 강합니다! 연습 경기, 그거 좀 못 치면 어때요. 이렇게 실전에서 훨훨 나는데요!]

이대후의 투런 포가 작렬하며 시작부터 김신에게 생각지도 못한 리드가 주어졌다.

주먹을 불끈 쥐고 그라운드를 도는 이대후의 모습을 불펜에서 지켜보던 김신이 피식 웃었다.

'역시……인가.'

원 역사에서 오늘 경기가 타이중 참사로 불렸던 건 여러 가지 이유가 있지만 결국 종합하자면 안이한 정신 상태가 컸다.

2006년부터 시작된 국제 경기 승승장구와 그로 인한 KBO 자체의 성장에 병역 면제가 없는 등의 부실한 보상이 더해지니 선수들이 승리에 대한 집념을 보이지 못했던 것.

하지만 김신과 추신서라는 슈퍼스타가 합류하고 전 세계의 스포트라이트가 쏟아지면서 메이저리그 스카우터들에게 눈도장을 찍을 수 있는 기회가 열린 데다.

심상치 않은 여론 덕에 병역 면제가 주어질 수도 있는 상황이 된 것에 더불어.

'어젯밤에 한 소리 하셨다지, 아마.'

은퇴를 번복하고, 선발이 아닌 불펜까지 불사하면서 팀에 합류한 레전드 투머치토커의 영향력이 이토록 선명하니.

선수들의 마음가짐이 급격히 달라지는 건 특별할 것도 없는 일이었다.

김신의 시선이 경기장을 넘어 지구 반대편으로 향했다.

'정말…… 해 볼 만하겠어.'

그를 타도하겠다며 일어선 남자들이 이제쯤 첫 만남을 가졌을 그곳.

미국으로.

따악—!

⊖

2-0.

긴 1회 초가 끝났을 때 네덜란드 대표팀이 받아 든 성적표였다.

그 성적표를 들고 돌아온 더그아웃에 결코 쉬이 꺾이지 않는 젊은 패기가 메아리쳤다.

"할 수 있어! 고작 2점 차잖아!"

"그럼! 충분하지! 렛츠 고—!"

주릭슨 프로파, 잰더 보가츠, 조나단 스쿱 등 마이너리그에서 준수한 성적을 거두고 있는 어린 선수들을 주축으로 1회 말의 설욕을 결의하는 네덜란드 대표팀.

그러나 그중에서도 가장 뛰어나며, 가장 먼저 그라운드로 나가야 할 안드렐톤 시몬스는 그 패기를 공유할 수 없었다.

'과연 할 수 있을까……?'

그들과 시몬스의 차이는 경험.

김신을 경험해 봤는가 보지 않았는가.

유일하게 메이저리그에 콜업되어 이미 김신을 겪어 본 안드렐톤 시몬스로서는 지금 더그아웃에 가득한 희망에 동의하기가 어려웠다.

'2점…… 리드를 줬으면 안 됐는데.'

시몬스는 알고 있었다.

김신이 리드를 등에 업으면 훨씬 더 공격적인 투구를 펼친다는 것을.

그리고 한 대 맞아도 상관없다는 식의 그 정면 승부가 김신의 투구 수를 극도로 억제하고, 결국 완봉으로 이끈다는 것을.

그러면…… 네덜란드의 승률은 0에 수렴한다는 것을.

그럼 정면 승부에서 이기면 되지 않느냐고?

그게 안 되니까.

어떻게 던질지 대충 예상하고 있어도 칠 수 없으니까 저 남자가 무결점의 투수라고 불리는 것 아니겠는가.

"후우……."

그러나 그렇다고 포기할 수는 없는 일.

긴 한숨과 함께 안드렐톤 시몬스가 헬멧을 쓰고 빛 사이로 걸어 들어갔다.

언젠가 그를 패퇴시켰던 남자가 그때와 꼭 같은 모습으로 그를 환영했다.

으득─!

아이러니하게도 그 모습이 안드렐톤 시몬스의 가슴속에 들어 있던 투쟁심이라는 폭탄에 불을 붙였다.

그래, 무결점의 투수라는 게 0실점의 투수는 아니다.

거기다 지금은 3월 초.

몸 상태가 정상적일 수가 없는 시간이다.

'포심. 무조건 바깥쪽 포심이다.'

안드렐톤 시몬스가 서늘한 눈빛으로 방망이를 움켜쥐었다.

[우리 자랑스러운 김신 선수! 첫 타자인 안드렐톤 시몬스 선수를 상대하겠습니다!]

[올해 콜업된 애틀랜타 브레이브스 소속의 유격수입니다. 기록을 보면 6월 이 달의 루키로 선정된 적도 있는 뛰어난 선수입니다만……]

[말씀드리는 순간! 김신 선수, 초구!]

그리고 김신의 손에서 쏘아진 공이 안드렐톤 시몬스에게 속삭였다.

정답을 축하한다고.

따악—!

정답(正答). 올바른 답.

수학에서 정답을 맞혔다 함은 어떤 문제의 끝을 봤다는 의미이며.

그 이상 더 좋은 답을 도출해 내는 건 불가능하다.

하지만 인생은 수학이 아니고.

어떤 문제의 정답을 맞혔다는 것이 언제나 밝은 미래를 보장하지는 않는다.

정답은 진실의 다른 말.

때때로 진실은 너무나도 무거워, 인간은 진실보다 거짓을 더 선호하게 되는 경우도 왕왕 있으며.

진실을 알고서도 침묵할 수밖에 없는 사건들도 얼마든지 있다.

안드렐톤 시몬스는 정답을 맞혔으나.

그 정답은 안드렐톤 시몬스에게 침묵을 강요했다.

따악-!

[높이 뜹니다~!]

안드렐톤 시몬스의 능력으로는 아직 정답을 감당할 수 없었다.

그가 흘렸던 피와 땀과 눈물이 부족하지는 않았지만, 가혹한 재능이라는 놈이 그 모든 것을 부정했다.

[우익수 추신서, 가볍게 잡아내면서 원아웃! 공 하나로 원아웃! 대단합니다!]

[방금도 포심이었죠? 161km입니다. 캬, 환상적이네요.]

'젠장……'

전신을 엄습하는 불길함을 느끼며 안드렐톤 시몬스가 더그아웃으로 돌아갔다.

그리고 불길한 예감은 틀리지 않는 법.

뻐엉-!

하물며 마운드에는 그 불길함을 무자비하게 실현시킬 남자가 서 있었다.

〈연습은 연습일 뿐, 실전은 다르다! 대한민국 대표팀 쾌조의 스타트!〉

〈역시는 역시였다! 김신, 첫 A매치를 완봉승으로 장식!〉

대한민국 야구사의 참사 중 하나가 사라졌다.

5-0.

역사가 정확히 뒤바뀐 대한민국과 네덜란드의 WBC 본선 1라운드 1차전.

뻐엉-!

마지막까지 네덜란드가 간신히 부여잡은 희망의 불씨를 손쉽게 진화하는 김신의 피칭에 침음이 흘렀다.

"으음……."

"여전하구먼, 여전해."

"저 정도면 90% 이상이라고 봐야겠는데."

"지난 시즌에도 시범 경기부터 폼을 끌어 올리지 않았었나? 올해도 저런다고?"

"젊잖아, 저 자식은."

"아무리 젊어도 너무 무리수 아냐? 한 시즌이야 다들 그 정도는 하니까 그렇다 쳐도 두 시즌 연속은……."

마치 김신을 잘 알고 있는 듯한 그 남자들의 정체는 바로 미국 WBC 대표팀.

그렉 매덕스호의 선원들이었다.

본디 사흘 뒤, 3월 5일에나 소집됐을 그들이 그렉 매덕스의 노력과 타도하고자 했던 대상의 첫 출전이라는 소식에 일찌감치 발걸음을 했던 것.

김신의 투구를 보고 분석을 해 대는 그들에게, 그들 중 투수로서의 김신을 가장 잘 아는 남자가 목소리를 높였다.

"지금 적을 걱정하는 건가?"

"……"

"두 시즌 연속 폼을 일찍 끌어 올려서 뭐, 그게 어쨌다고. 중요한 건 미래가 아니라 지금이야. 지금 녀석의 기량이 너희를 맥없이 패퇴시켰던 그때와 비슷하다는 사실만 기억해라."

그의 이름은 그렉 매덕스.

그렉 매덕스호의 선장이었다.

브라운관에서 고개를 돌려 자신에게 눈길을 보내는 선수들에게 그렉 매덕스가 계속해서 발언했다.

"시즌을 생각하지 않을 순 없겠지. 인정한다. 하지만 잠시만이라도 시즌도 잊고, 팀도 잊어라. 지금 너희들은 각 팀을 대표해서 여기 있는 게 아니라 그레이트 아메리카, 미국을 대표해서 여기 있는 거다."

"……"

"그러지 못하면…… 저 녀석 앞에 무릎 꿇을 뿐이야."

잠시 말을 끊고 선수들을 둘러본 뒤.

그렉 매덕스가 두 사람을 찍었다.

"벌랜더, 어떻게 하고 싶나. 져도 상관없어?"

"아닙니다."

"디키, 자네는 어때."

"……이기고 싶습니다."

김신과 명품 투수전을 벌였으나 결국 패하고 직전 시즌 트리플 크라운과 사이 영을 모두 빼앗긴 저스틴 벌랜더.

이번 시즌 너클볼 투수 최초의 사이 영을 수상할 만한 성적을 썼으나 김신이라는 벽에 가로막힌 R. A. 디키.

그들에게서 눈을 뗀 그렉 매덕스가 다른 선수들에게도 무언의 질문을 던졌다.

'너는 어떤가.'라고.

그에 미국 대표팀이라는 명칭 뒤에 모인 패배자들이 눈으로 답했고.

그 답변을 읽은 그렉 매덕스가 천천히 고개를 끄덕였다.

"그래, 우리는 미국이다. 메이저리그고, 야구 종주국이다. 저 잉글랜드 병신들처럼 국제 경기에서 쩔쩔매고 싶은 머저리는 없겠지?"

"예!"

"그럼 뭐 하고 있어! 당장 그라운드로 뛰어나와!"

우르르 움직이는 선수들의 등 뒤.

"뭐, 가자고."

"예, 캡틴."

항상 김신과 같은 편이었던 데릭 지터와 마크 테세이라가 눈을 마주치며 어깨를 으쓱했다.

　제자를 이용해 선원들에게 동기를 부여한 그렉 매덕스가 연신 그들을 그라운드에 굴리고 있을 무렵.

　참사를 극복한 대한민국은 기세를 이어 갔다.

　3월 4일에 열린 호주와의 2차전.

　뻐엉-!

　[삼진! 불펜도 불사하며 조국을 위해 아름다운 모습을 보여 주는 박천후 선수! 정말 후배들의 귀감이 될 만합니다!]

　[저러기가 쉽지 않죠. 정말 대단합니다. 애국지사예요, 애국지사.]

　윤상민-박천후-오승한으로 이어지는 마운드는 점수를 허락하지 않았고.

　따악-!

　[또 쳤습니다! 우중간을 가르는 적시타! 3루 주자 홈인, 2루 주자도 홈에서…… 세이프입니다! 추신서의 2타점 적시타로 멀찌감치 달아나는 한국! 7-0이 됩니다!]

　[정말 좋네요! 거의 모든 선수가 골고루 안타를 쳐 주고 있어요! 이게 되는 팀이죠!]

　추신서를 필두로 한 타선은 언제 부진했냐는 듯 상대 투수에게 악몽을 선사했다.

이어진 3월 5일.

각각 2승씩을 확보하여 이미 진출을 확정 지은 대만과의 경기에서는 선발투수 장원석이 3회에 2실점하며 흔들리는 듯했으나.

따악—!

[좌측 담장, 좌측 담장, 좌측 담장을…… 넘어갑니다! 추신서의 솔로 포! 추격을 시작하는 대한민국!]

따악—!

[우익수 뒤로, 우익수 뒤로, 우익수 뒤로…… 다시 넘어갑니다! 이대 후! 백투백이 나옵니다!]

[두 친구가 앞서거니 뒤서거니 하면서 아치를 쏘아 올리네요!]

따악—!

[큽니다! 커요! 가나요? 가나요? 갑니다! 백투백투백! 홈런 세 방으로 경기를 뒤집는 대한민국! 그리고 이송엽입니다! 아시아의 홈런왕이 역전 홈런을 때려 냅니다!]

[역시 이송엽입니다! 중요할 때 해 주는 타자예요!]

추신서-이대후-이송엽의 백투백투백 홈런 이후 자극받은 후배들의 약진에 힘입어 5-2.

3승, 조 1위로 다음 라운드에 안착하면서 이번 대회 최고의 우승 후보임을 증명했다.

그렇게 되자 마찬가지로 2승씩을 챙기며 다음 라운드 진출을 이미 확보한 일본과 쿠바.

두 팀이 맞붙는 A조 최종전의 구도가 덩달아 치열해졌다.

─지면 김신이다. 지면 김신이야! 반드시 이겨야 한다, 사무라이 일본!

ㄴ김신이 뭐 어때서. 호들갑 좀 떨지 마. 대일본이 그딴 조센징 투수를 못 이길까 봐? 대국의 격이 있다고.

ㄴ?????

ㄴ얘는 뭐 2009년에서 왔냐?

김신이라는 비대칭 전력과 백투백투백 홈런을 때려 낸 거 포들이 뜨거운 타격감을 과시하면서 무시무시한 전력을 드러낸 대한민국이 조 1위로 다음 라운드에서 기다리고 있는 상황.

패배는 곧 대한민국과 일전을 이야기한다는 걸 알기에, 양 팀은 지면 탈락이라도 되는 것처럼 혼신의 힘을 다했다.

그 경기의 승자는.

따악─!

[알프레도 데스파이네! 일본을! 일본을 무너뜨립니다!]

[이렇게 되면 거의 한일전이 90%는 성사됐다고 봐야겠죠]

야구 월드컵을 25번이나 제패한 아마 야구 최강.

대한민국조차 베이징 올림픽에서 승리하기 전까진 한 번도 이기지 못한 복병, 쿠바였다.

머지않은 미래, 소프트뱅크에서 활약할 데스파이네의 맹타가 일본을 침몰시켰다.

삐엉-!

[경기 끝났습니다! 6-3! 쿠바가 일본을 6-3으로 제압하면서, 대한민국의 본선 2라운드 첫 경기 상대는 일본으로 결정됐습니다! 한일전입니다!]

한국 팬들의 환호가 인터넷 세상을 메아리쳤다.

-잘 만났다, 개자식들!

당연히 한일전은 절대로 지면 안 되는 경기지만.

WBC에서의 한일전은 그 의미가 더욱 남달랐다.

그 이유는 두 팀의 악연 때문.

2006년 WBC.

이해할 수 없는 룰 때문에 한국과 일본은 세 번이나 맞붙었다.

결과는?

한국이 먼저 두 번이나 이겼음에도, 기어코 올라온 일본이 마지막 경기를 제압하면서 한국은 4강, 일본은 우승.

2009년은 더했다.

결승에서 만난 두 팀은 그야말로 박빙의 승부를 펼쳤다.

그러나 9회 말 2아웃에 동점타가 터질 정도로 손에 땀을 쥐는 그 경기를 가져간 팀은 또다시 일본.

연장 10회.

일본의 야구 영웅 스즈키 이치로가 8구까지 가는 접전 끝에 2타점 끝내기 안타를 쳐 내면서 일본은 우승을 차지했고, 대한민국은 준우승을 받아 들었다.

결론적으로, 일본은 2006년부터 시작된 WBC에서 단 한 번도 우승을 놓친 적이 없는 패자(覇者)였고.

한국은 그 승리의 역사를 바라보며 분루를 삼켜야 했단 패자(敗者)였다. 아무리 진(眞)우승국이라며 정신 승리를 해도 그 사실은 변하지 않았다.

그런 상황에서 다시 만난 일본.

그 경기의 마운드에 설 투수는 승리의 상징, 김신이었으니 한국 야구팬들이 환호성을 지르는 것도 당연했다.

―정의 구현 부탁드립니다, 김갓!

―30년은 이길 생각도 못 하도록 만들어 주세요!

ㄴ그거 오해라던데.

ㄴ그게 무슨 상관임.

ㄴ30년은 아니더라도 오늘 경기 끝나면 향후 10년은 이길 생각도 못 할 듯 ㅋㅋㅋㅋ

어떻게 이길까 행복한 상상에 빠진 한국 팬들과는 달리.

　-할 수 있다! 사무라이 정신을 발휘해야 해!
　-이치로, 다시 한번 기적을 보여 주세요!
　-부상이나 당해라, 김신!

실낱같은 희망을 안고 신사를 찾아 기도하는 일본 팬들.
　그 양국 야구팬들의 염원을 한 몸에 받는 남자는 익숙하다
는 듯이 그것을 승화시켰다.
　뻐엉-!
　"조, 좋아!"
　뻐엉-!
　"굿!"
　첫 경기와는 확연히 다른 그 모습에서 느껴지는 저릿저릿
한 기세에 대한민국의 주전 포수, 강민훈은 침을 꿀꺽 삼켰
다.
　'이게 본모습인가⋯⋯?'
　게리 산체스가 봤다면 '또 저러네.' 하면서 대수롭지 않게
넘어갔겠지만 김신의 빅게임 모드를 처음 보는 강민훈으로
서는 당황할 수밖에 없었으니까.
　평소라면 긴장한 듯 보이는 그에게 말 한마디 정도는 건넸
겠지만, 김신은 일말의 사적인 대화도 없이 불펜 피칭을 종

료했다.

"여기까지 하시죠."

"으, 응. 그, 그래."

어제 열린 미국과 멕시코의 경기에서 본디 5-2로 충격 패했을 미국이 8-1 대승을 거두며 과거와는 다른 모습을 보였다는 사실도.

다음 시즌과 다다음 시즌 양키스의 라인업에 대한 걱정도, 병역 특혜에 대한 이야기도, 세인들의 갑론을박도 모두 그의 머릿속에서 사라졌다.

[안녕하십니까, 시청자 여러분! 여기는 월드 베이스볼 클래식 본선 2라운드! 대한민국과 일본의 한일전이 펼쳐지는 도쿄 돔입니다! 먼저 1회 초 공격을 진행할 일본의 라인업부터 소개드립니다. 1번 타자……]

그리고 때가 찾아왔다.

[그에 맞서는 우리 태극 전사들입니다. 1번 타자 중견수 이윤규, 2번 타자 2루수 정건후, 3번 타자……]

오직 하나.

'이긴다.'

승리에 대한 집념. 확신에 가까운 그 집념만을 남긴 투수가 불펜의 문을 열었다.

[마지막으로 투수는! 우리 대한민국의 자랑, 김신 선수입니다!]

저 멀리, 얼마 전까지 같은 핀스트라이프를 입었던 남자가 시야에 들어왔다.

"……."

양국 영웅의 시선이 서로를 마주했다.

"플레이볼!"

앞으로 30년 동안 일본 야구를 이기지 못하게 해 주겠다.

물론 번역의 문제, 기레기의 기레기 짓이 맞물려 와전된 것이긴 하지만.

스즈키 이치로가 언급했던 30년은 아이러니하게도 절반 정도는 들어맞았다.

2015년, 월드 프리미어 12에서 아쉽게 우승을 놓친 것을 제외하면 2020년대 중반까지 일본 대표 팀은 승승장구했고.

한국 대표 팀은 2015년의 우승을 제외하면 고척돔 참사, 지바 쇼크, 요코하마 참사 등 매 국제 대회마다 굴욕의 역사를 새로 썼으니까.

몇몇 팬들이 이치로의 저주가 아닌가 하며 치를 떠는 것도 이상할 것 없는 일이었다.

"플레이볼!"

2013년 3월 8일, 도쿄 돔.

그 저주를 내렸던 남자와 깨부수고자 하는 남자가 만났다.

[경기 시작됐습니다. 김신 선수, 첫 타자로 팀 동료 스즈키 이치로 선수를 상대하겠습니다.]

[지금이야 팀 동료지만 사실 지난 시즌 초에는 적으로 만난 적이 있죠.]

[예. 한 경기 맞부딪쳤고, 이치로 선수가 4번의 타석 동안 안타 하나를 뽑아냈습니다. 성적만 봐서는 우열을 가리기 힘들 듯합니다.]

[아니죠. 이치로 선수가 4타수 1안타를 기록하긴 했지만 그 1안타는 1회 초 기습 번트로 만든 내야 안타입니다. 정면으로 대결했을 때는 한 번도 쳐 내질 못했어요! 김신 선수가 압도적으로 우세합니다!]

[예, 뭐…… 근데 김신 선수가 압도적으로 우세하지 못한 타자도 있었나요?]

[크흠, 이번에도 그렇다는 얘깁니다.]

양국 해설이 서로의 영웅을 띄워 주는 동안.

두 남자의 두뇌는 사적인 감정 따윈 전부 배제한 채 승리를 위해 맹렬히 가동됐고.

마침내 대결이 시작됐다.

[김신 선수, 역시 좌완을 선택합니다.]

[좌타자에겐 사형 선고나 다름없죠. 포심, 슬라이더, 체인지업, 커브까지. 그야말로 좌타자 입장에선 칠 수 있는 공이 없어요.]

[이에 맞서는 스즈키 이치로. 자신의 시그니처 루틴을 선보이는군요. 긴장되는 순간, 김신 선수, 초구!]

그리고 마치 두 사람의 첫 대결을 재현하는 것 같은 그림이 그려졌다.

쐐액-!

김신의 좌완 파이어볼이 스트라이크존을 향해 날아들고.

스윽-!

이치로의 배트가 가로로 길게 누웠다.

[기습 번트! 이치로 기습 번트!]

하지만.

따악-!

결과는 달랐다.

[3루 라인…… 벗어납니다! 번트 실패! 스즈키 이치로 선수가 번트에
실패했습니다! 원 스트라이크가 됩니다!]

정확히 힘을 죽이지 못한 타구가 파울 라인을 벗어나면서,
1루로 달렸던 스즈키 이치로는 다시 타석에 복귀해야 했다.

첫 만남과 다른 결과가 나온 이유는 하나.

'라이징……. 역시 쉽게는 안 되는군.'

평범한 속구가 아닌 덜 떨어지는 속구.

다시 타석에 선 스즈키 이치로에게로 꽂혀 드는 김신의 눈
빛이 무언의 타박을 보냈다.

'너무 날로 먹으려고 하는 거 아닙니까?'

슬쩍 고개를 끄덕여 그 타박에 답하면서.

스즈키 이치로가 다시 루틴을 행했다.

'90% 이상의 확률로 바깥쪽 패스트볼…….'

나이 든 타자에게 가장 효과적인 공, 속구.

진부하지만 치명적인 그 공을 마운드의 투수가 얼마나 잘 이용하는지, 메이저리그 구종 가치 1위를 공고히 한 그 공이 얼마나 강력한지 잘 알고 있는 스즈키 이치로는 특단의 선택을 했다.

'속구를 노린다.'

이치로의 생각을 미리 알았다면, 그를 아는 사람이라면 누구나 기함할 수밖에 없는 선택이었다.

애초에 속구에 초점을 맞추고 브레이킹 볼에 대응하는 게 대부분인데 뭐가 그리 특별하냐 할 수도 있으나.

스즈키 이치로라는 선수는 본디 이십 년에 가까운 세월 동안 정반대, 변화구에 초점을 맞추고 속구에 대응하는 걸 자신의 상징으로 삼던 타자였다.

천부적인 손목 힘과 천재적인 감각으로 변화구에 초점을 맞췄음에도 속구를 쳐 내던 불가사의한 타자.

주류적인 타격 이론에 완벽히 반(反)하는, 그만이 할 수 있는 방식으로 메이저리그 최다 안타라는 금자탑을 쌓아 올린 타자가 바로 스즈키 이치로였다.

물론 만 39세에 이르러 육체적 기량이 쇠퇴하고, 점차 속구에 대한 대응이 무뎌지고 있긴 했지만.

'컨디션이 정상이라면 느린 공을 노리고 있더라도 속구를 못 쫓아가는 일은 없습니다.'라고까지 했던 남자가 자신의 철학을 바꾼다는 건 충분히 놀라운 일이었다.

[김신 선수, 제2구!]

김신의 두 번째 공이 날아듦과 동시에, 이치로의 선택이 세상에 모습을 드러냈다.

끊임없이 스스로를 연마하는 고행자가 속구를 칠 수 없게 될 언젠가를 대비하여 겨우내 피나는 노력으로 완성한 제2의 타격 폼이.

방망이는 평소와 달리 노브에 걸치는 게 아니라 콘택트의 향상을 위해 짧게 잡았으며.

마찬가지로 콘택트를 극대화하기 위해 스트라이드는 지면에 붙박은 듯 박아 버렸고.

다양한 공에 대응하기 위해 뒤에 남겨 두던 그립은 일찌감치 앞으로 당겨 왔다.

'······!'

평소와는 확연히 다른 타격 폼에 김신의 눈동자에도 순간 놀람이 깃들었다.

그러나.

따악-!

[3루 쪽! 높게 뜹니다! 3루수 최준 따라갑니다만······ 관중석으로 사라지는 공! 파울! 투 스트라이크가 됩니다.]

[아웃을 잡지는 못했지만 나쁘지 않은 결과입니다. 이치로 선수가 힘에서 완전히 밀렸어요!]

이치로의 선택은 실패했다.

똑같은 이유 때문이었다.

'또⋯⋯?'

다시 한번 구사된 라이징 패스트볼이 이치로의 방망이를 억제했다.

'운도 없군.'

김신의 라이징 패스트볼 구사율이 30%도 채 되지 않으며, 스스로가 그것을 완벽히 조절할 수도 없다는 걸 알고 있는 스즈키 이치로는.

운을 탓하며 한번 고개를 저은 뒤 같은 전략을 고수했으나.

그 선택은 또다시 실패하고 말았다.

뻐엉-!

"스트라이크아웃!"

세 번째 라이징 패스트볼이 가져온 아웃 콜을 들으며 멍하니 마운드를 바라본 이치로.

그의 귓가에 환청이 울리는 듯했다.

"제가 과연 작년이랑 똑같은 투수일까요?"

이치로와 마찬가지로, 아니, 어쩌면 그보다도 더 스스로를 몰아붙이길 주저치 않는 남자가 시선을 마주하며 의미심장하게 웃었다.

그 시선에서 무언가를 느낀 이치로는, 쓸쓸히 더그아웃으로 향하며 자신을 교차해 지나가는 후배에게 전했다.

"……라이징을 조심해."

[2번 타자는 아오키 노리치카. 올해 밀워키 브루어스에 둥지를 튼 메이저리거입니다.]

아오키 노리치카.

2000년대 NPB 최고의 교타자 중 하나라 불리며 포스팅 시스템을 통해 2012년 메이저리그에 진출.

타출장 0.288/0.355/0.433에 OPS 0.787. 첫 시즌치고는 준수한 활약을 펼친 미래가 기대되는 타자.

하지만 겨우내 완성한 무기 중 하나를 제대로 뽑아 든 김 신은 그에겐 넘을 수 없는 벽이었다.

뻐엉-!

"스트라이크!"

스즈키 이치로라는 대선배에게서 라이징을 조심하란 말을 들었음에도 그랬다.

알고 있음에도, 김신의 라이징을 첫 만남에서 바로 쳐 내 기엔 아오키 노리치카의 역량이 부족했다.

"스트라이크아웃!"

보더 라인을 구석구석 파고드는 100마일의 라이징 패스트 볼이 일본에게서 1회 초를 순식간에 강탈했다.

뻐엉-!

한계(寒溪)란 경험의 산물이다.

유리병에서 자란 벼룩은 유리병 뚜껑이 하늘인 줄 알고.

말뚝에 묶여 자란 코끼리는 말뚝이 불멸인 줄 안다.

그런데 벽을 느껴 보지 못했다면 어떨까.

수 개의 유리병을 뛰어넘은 벼룩에게 더 큰 유리병은 언젠가 뛰어넘을 뜀틀에 불과하며.

수십 개의 말뚝을 부숴 낸 코끼리에게 더 단단한 말뚝은 언젠가 부숴 내고야 말 구조물에 지나지 않는다.

평범한 사람은 하나만 만나도 좌절할 만한 벽을 수도 없이 뛰어넘은.

아니, 벽 자체가 있었는지도 모르게 그것을 통과하는 존재들.

한계를 모르는 그 존재들을 우리는 천재라고 부른다.

김신이라는 천재가 1회 초를 삭제한 뒤.

1회 말, 일본의 마운드에도 천재라 불리는 남자가 올라왔다.

"플레이! 플레이! 다나카!"

"대일본의 정신을 보여 줘라, 다나카!"

다나카 마사히로.

다르빗슈 유, 구로다 히로키 등 쟁쟁한 메이저리거들을 제치고 당당히 일본 대표 팀의 1선발 자리를 차지한 남자.

원 역사, 2013년 승률 관련 세계 신기록을 모조리 갈아치우며 28경기 24승 0패.

김신이 달성한 것과 같은 무결점 시즌을 달성했던 사나이.

그 압도적인 퍼포먼스를 바탕으로 2014년 뉴욕 양키스와 아시아 투수 역대 최고 계약을 체결했던 투수.

아직까지 한계를 경험하지 못한 투수가 자신보다 명백히 위라 평가받는 투수 앞에서 전신의 힘을 모았다.

'김신, 대단하긴 하지만…… 나도……!'

단단한 속구와 칼날 같은 슬라이더.

그 위에 2018년까지 메이저리거들의 치를 떨리게 했던 고속 스플리터가 손을 얹었다.

부우웅-!

[헛스윙! 이윤규 선수가 헛스윙 삼진을 당합니다! 아쉽네요!]

[너무 급했어요, 이윤규 선수. 이윤규 선수의 장점을 잘 살려야 합니다. 그러라고 대표 팀 1번 타자로 세운 거 아니겠습니까?]

투수를 괴롭히기로 둘째가라면 서러울 재간둥이 이윤규도.

따악-!

[바운드! 하지만 2루수 키를 넘기지 못하면서, 1루에서… 아웃됩니다. 내야 땅볼로 물러나는 정건후 선수.]

[방금은 스플리터에 완전히 속았어요. 다나카 마사히로 선수의 주무

기 중 하나인데, 아쉬운 결과입니다.]

대한민국 역대 최고의 2루수이자 테이블세터라 불리는 정건후도 속수무책으로 물러났다.

1회 말, 2사 주자 없는 상황.

한국 대표 팀 최고의 천재 타자가 타석에 들어섰다.

'좀 던진다는 일본 놈들은 다 이런가.'

언젠가 만났던 다르빗슈 유와 비슷한 태도, 타석에 선 타자보다 상대편 투수를 더 의식하는 건방진 짓을 선보이는 다나카 마사히로를 가소롭다는 듯 바라보면서.

[3번 타자는 추신서! 저 뉴욕 양키스의 클린업, 추신서 선수입니다! 추신서 선수만큼은 좋은 결과를 보여 줬으면 좋겠습니다.]

[충분히 그럴 역량이 있는 선수죠.]

다나카 마사히로란 투수는 분명히 범상치 않은 투수다.

천재라고 할 만하다.

그러나 천재라는 건 항상 상대적인 개념인 법.

추신서는 알고 있었다.

다나카 마사히로 정도, 그러니까 10년에 한 번 나올까 말까 한 정도가 아니라.

100년에 한 번 나올까 말까 한, 세기의 천재가 어떤 공을 던지는지.

[다나카 마사히로, 와인드업!]

뻐엉-!

초구로 들어온 포심을 흘려보내며, 추신서는 확신했다.

'역시, 아직은 이르지. 이 정도는 메이저에 널렸다.'

그 녀석에 비하면 다나카 마사히로의 피칭은 아직 많이 부족했다.

적어도 몇 개의 벽은 더 넘어야 그나마 비벼 볼 만했다.

'과연 거기까지 갈 수 있을까.'

설핏 올라오는 미소를 막지 않으며, 추신서가.

그 몇 개의 벽을 넘지 못한, 10년에 한 번 나올까 말까 한 수준의 공이라면 충분히 쳐 내고도 남는 천재 타자가.

힘차게 방망이를 돌렸다.

따악─!

해설 위원의 바람대로, 그라운드에 청아한 타격음이 울렸다.

[쳤습니다! 쳤어요! 좌중간! 좌중간! 좌중간을 가릅니다! 주자 1루 돌아 2루까지! 2루에서 넉넉하게 세이프! 추신서 선수의 2루타가 작렬합니다!]

[역시 추신서예요! 괜히 이번 시즌 뉴욕 양키스의 주역 중 하나가 아니죠!]

추신서의 방망이는 분명 다나카 마사히로의 건방짐을 두들겨 내는 데 성공했다.

"후우……."

하지만 오히려 추신서의 한 방으로 정신을 차린 다나카 마사히로는.

심호흡 한 번으로 마음을 가다듬은 뒤, 작년까지 NPB에서 몇 번이고 만나 봤던 후속 타자 이송엽의 방망이를 가볍게 제압했다.

뻐엉-!

[아, 삼진. 이송엽 선수가 삼진으로 물러나면서 대한민국의 1회 말 공격이 잔루 2루로 아쉽게 마무리됩니다.]

양 팀 모두 소득 없이 끝난 1회.

아쉬웠으나, 대한민국 야구팬들은 추호도 걱정하지 않았다.

　　　-투수전? 환영이지. 드루와, 드루와!

앞으로 최소 10년. 그가 건재해 있는 동안에는 일본과 다나카 마사히로의 넘을 수 없는 벽이 될 남자가 있었으니까.

뻐엉-!

무결점 투수와 무결점이 될 투수가 번갈아 마운드에 올랐다.

뻐엉-!

세상은 기본적으로 불평등하다.

누군가는 평생을 단련해도 들 수 없는 무게를 누군가는 별다른 단련 없이도 들어 올린다.

태생적으로 타고난 피지컬이 다르다.

누군가는 평생을 고련해도 익힐 수 없는 기술을 누군가는 짧은 시간 만에 완숙하게 익혀 낸다.

무언가를 익히는 데 필요한 습득력이 다르다.

그 기술을 사용하는 감각의 섬세함이 다르다.

누군가는 배운 걸 제대로 쓰기에도 급급한데 누군가는 10성을 넘어 12성으로 발전시킨다.

기본적으로 내재돼 있는 가능성이 다르다.

우리는 그 삼박자를 통틀어 재능이라고 하며.

그걸 모두 갖춘 사람들을 천재라고 부른다.

하지만 아무리 천고의 기재라 할지라도 피해 갈 수 없는, 공평한 놈이 하나 있다.

시간, 혹은 세월이라 불리는 무시무시한 진리.

설령 재능 위에 투철한 자기 관리와 노력이 더해져 스스로를 끊임없이 이길지라도.

시간만큼은 이겨 낼 수 없다.

자연 상태에서 인간의 수명은 40년이고, 30대 중반부터 유전적으로 시작되는 노화를 피할 수 있는 인간은 존재할 수 없으니까.

진부한 이야기지만, 세상이 그러하다.

스즈키 이치로 또한 그랬다.

모두가 '안 될 텐데.'라고 말할 때 '되는데?'라고 말하던 남자.

천부적인 손목 힘을 이용한, 주류가 아닌 자신만의 타격 방법으로 정점에 선 사나이.

배드 볼 히터라 불리면서도 타격왕에 오르고, 메이저리그 최다 안타를 때려 내며 타격 기계라 불린 타자.

거기에 10년간 체중 변화가 1kg도 채 안 될 정도로 자기 관리까지 투철한, 노력까지 하는 천재.

일본 최고의 천재, 스즈키 이치로 또한 공평한 세월의 흐름을 느껴야만 했다.

 ─배트 스피드가 조금 떨어졌습니다. 큰 문제는 아닐 거 같긴 한데…… 알고는 계십시오.

 ─음…….

2010시즌이 끝나고, 그의 타격 이론을 완성시키는 근본적인 요소인 비정상적인 손목 힘이 아주 조금 약해졌다.

그로 인해 덩달아 하락한 배트 스피드는 그의 훌륭했던 속구 대응을 조금 덜 훌륭한 수준으로 떨어뜨렸고,

'100마일이 넘는 속구에 배트가 제대로 따라가지 못해.'

메이저리그 데뷔 후 단 한 번도 200개 미만을 기록한 적

없던 그의 안타 수를 2011년 184개, 2012년 191개에 머물도록 했다.

2012년에 소폭 상승했던 건 뉴욕 양키스라는 강팀에 소속되어 우산 효과를 받았기 때문일 뿐.

그의 신체 능력이 반등한 건 아니었다.

'나도 늙었군.'

이제 30대 후반, 스즈키 이치로는 스스로가 녹슬었다는 걸 인정할 수밖에 없었다.

하지만 그게 포기하겠다는 뜻은 결코 아니었다.

끝날 때까지 끝난 게 아니라는 격언을 신봉하는 노력가는 더욱 가열 찬 노력을 투사했다.

2013 월드 베이스볼 클래식 본선 2라운드 대한민국과 일본의 경기. 4회 초.

그 결과를 확인하기 위해, 스즈키 이치로가 세상에서 가장 강력한 속구를 던지는 남자 앞에 다시 섰다.

[0-0. 양 팀이 팽팽하게 맞서고 있는 4회 초. 일본의 두 번째 타순이 스즈키 이치로 선수부터 시작합니다.]

4회 초에 1번 타자.

그 말은 아무도 1루를 밟지 못했다는 뜻.

[김신 선수가 퍼…… 아니, '그걸' 이어 가고 있는 상황. 과연 두 번째 타순은 어떻게 제압할지!]

[지금까지는 거의 90% 이상이 포심, 그것도 좌완 포심이었거든요?

이제는 두 번째 타순인 만큼 레퍼토리를 조금 바꿀 필요가 있어요.]

해설 위원들은 김신이 변화구를 섞어야 함을, 또는 우완 피칭 비율을 올려야 함을 이야기했지만.

스즈키 이치로가 그 소리를 들었다면 고개를 저었으리라.

'이미 변화구를 던지고 있는데 무슨 소리.'

라이징 패스트볼, 포심 패스트볼.

눈앞의 투수는 같은 것처럼 보여도 이미 두 개의 다른 구종을 구사하고 있었으니까.

그러므로 이치로는 확신했다.

'포심이 온다.'

다른 타자에게는 바꿀 수도 있으나 적어도 자신한테만큼은.

늙은 타자를 제압하는 가장 간단하고 효과적인 방법을 쓰지 않을 이유가 없다는 걸.

[김신 선수. 와인드업!]

이제 만 20세.

질투가 날 정도로 창창한 미래를 가진 투수의 손에서 공이 뻗어 나왔다.

"흐읍―!"

기다리고 있던 공에 이치로의 방망이가 매섭게 움직였다.

그의 모든 신체 감각이 작은 공 하나에 쏠렸다.

'라이징이냐, 포심이냐!'

다음 순간, 이치로가 공이 떠오르는 듯한 환상을 본 것은.

그 수정된 궤적에 맞춰 방망이를 조정할 수 있었던 건.

스즈키 이치로라는 천재에게 남아 있는 찬란한 재능 덕이었다.

따악-!

[쳤습니다! 1, 2루간 빠집니다!]

그의 노력이 기어코 새로운 가능성을 열어젖혔다.

[스즈키 이치로! 일본 대표 팀 첫 안타를 신고합니다! 김신 선수의 퍼펙트가 팀 동료의 손에 깨지고 맙니다.]

1루에서 환하게 미소 짓는 이치로를 일별한 김신이 뇌까렸다.

'역시 옛말이 틀린 게 없어. 썩어도 준치는 준치지.'

하지만 이치로의 재능과 노력에 감탄하면서도, 김신은 그의 새로운 타격 폼 뒤에 숨겨진 어쩔 수 없는 부작용을 눈치챘다.

'저 폼으론 절대 장타를 치지 못할 텐데.'

저렇게 극도로 컨택에 집중한 타격 폼으로는 절대 담장을 넘길 수 없었다. 아니, 담장뿐 아니라 수비만 괜찮으면 2루타도 힘들 터였다.

물론 메이저리그에 서식하는 몇몇 괴수는 저 폼으로도 가능하겠지만, 이치로라는 남자에겐 불가능한 일이었다.

그러므로.

'계속 속구 위주로 승부하면 되겠군.'

이치로에 대한 전략을 고수한 채로.

김신이 다음 타자를 맞이했다.

[무사 주자 1루. 아오키 노리치카 선수가 타석에 들어섭니다.]

그리고 팔팔한 만 30세 타자에게 맞춤 마구가 날아들었다.

부우웅—!

"스트라이크!"

[그렇죠! 이거죠! 슬라이더! 슬라이더가 나와 줘야죠!]

서서히 기지개를 켠 김신의 브레이킹 볼들이 도쿄 돔을 장악했다.

뻐엉—!

도쿄 돔에서 열리는 2013 WBC 한일전은 수많은 관계자의 주목을 받고 있었다.

물론 김신과 다나카 마사히로, 추신서와 스즈키 이치로의 격돌이라는 것도 있었지만.

김신의 활약을 통해 아시아인의 가능성을 재확인한 스카우터들이 더 주울 선수가 없나 눈독을 들이고 있었기 때문이다.

그러나 경기가 진행되면 진행될수록.

NPB 스카우터들이 모인 자리에서는 필기 소리나 터치 소리 대신 안타까운 탄성이 터져 나왔다.

"아⋯⋯."

"김신⋯⋯. 최소 한 차원은 다르군."

그들도 어쨌든 일본인인바, 조국의 앞길을 가로막은 철벽을 보고 개탄하지 않을 수 없었던 것이다.

더군다나 만약 오늘 경기가 한국의 승리로 끝나고, 승자조로 올라간 한국이 다시 승리하여 순위 결정전에 진출한다면.

"저걸 또 만날 수도 있단 말인데⋯⋯."

지금 마운드에 서 있는 미친놈이 다시 한 번 등판할 터였다.

심지어 일이 그렇게 흘러갈 가능성은 결코 낮지 않았다.

따악-!

[정건후! 정건후가 자신의 첫 안타를 2루타로 신고합니다! 대한민국에 다시 기회가 찾아왔습니다!]

위기 따위 없이 순항하는 김신에 비해, 경기가 중반으로 흘러가면서 다나카 마사히로가 점점 힘에 부치는 모습을 보이고 있었으니까.

아직 점수는 나지 않았지만 언제 실점이 발생해도 이상하지 않은 상황이었으니 일본 스카우터들의 뇌리에 서서히 '패배'라는 글자가 떠오르는 것도 당연했다.

설상가상으로 먼저 열린 쿠바와 대만의 경기에선 대만이 쿠바를 5 : 4로 제압하는 이변이 일어나면서.

대한민국이 오늘 경기를 제압하고 승자조에 진출했을 시, 그 승자조 경기의 우세도 이미 한번 대만을 상대로 승리를 거둔 바 있는 대한민국 쪽으로 기울 수밖에 없었다.

만약 일이 그렇게 진행되고, 순위 결정전에서 김신을 만나고, 또 패배한다면.

4강으로 진출하긴 하겠지만, 반대편에서 올라올 호랑이를 상대해야 했다.

멕시코와의 1차전에 이어 이탈리아와의 2차전에서도 경기 초반 벌써 7득점을 몰아친, 역대 최강이라 불리는 라인업의 야구 종주국을.

"미국……."

그렇게 일본 스카우터들이 밝지 않은 미래에 어두운 표정을 짓고 있을 무렵.

MLB 스카우터들 사이에서도 침음이 연신 흘러나왔다.

"이번에도 라이징이지? 비율이 예년과 확연히 다른데?"

"맞아. 더 무시무시해졌어."

"거기서 더 올라갈 데가 있었나……."

작년 이상의 모습을 보이는 김신의 퍼포먼스에.

단 한 개 구단을 제외한 MLB와 NPB 모든 구단 스카우터의 표정이 가라앉았다.

반면 그 단 한 개 구단, 양키스에서는.

"하하하하! 내가 뭐랬나. 소포모어 징크스? 개나 주라지!"

김신이라는 보물을 가진 부호의 웃음소리가 터져 나왔다.

그러나 그 부호, 캐시먼도 계속해서 웃을 순 없었으니.

"이치로는…… 포기하도록 하지."

김신이 눈치챘던 이치로의 새 타격 폼이 가진 문제, 장타력의 하락을 캐시먼도 알아 봤기 때문이었다.

대신 캐시먼의 눈동자가 다른 선수를 잡아챘다.

"다나카 마사히로, 역시 물건이야. 저 친구 내년에 풀린다고 했나? 우리가 데려올 순 없을까?"

"무슨 소립니까? 지금 우리 투수진이 어떤 줄은 알고……아니, 저 친구가 얼마나 할 줄은 알고 말씀하시는 겁니까?"

"쩝, 생각이나 해 보자는 거지."

"그럴 시간에 백업 외야수나 찾으십시오. 그리고, 왜 굳이 경기를 같이 봐야 합니까?"

"왜냐고? 심심하잖아."

"하……."

빌리 리의 한탄과 함께 경기가 계속됐다.

그리고 8회 말. 0-0.

다나카 마사히로는 내려갔지만 꾸역꾸역 아웃 카운트를 챙긴 일본 불펜 투수들의 호투에 한국 팬들이 만찬을 앞에 두고도 먹지 못하는 답답함을 느끼던 시점.

[8회 말, 우리 대한민국의 선두 타자는 홈런왕 이승엽 선수입니다. 많은 팬분들이 약속의 시간이라고 부르는 8회인데, 이승엽 선수가 뭐 하나

해 줬으면 좋겠습니다. 이제 그럴 때가 되긴 했거든요.]

　[그렇습니다. 이젠 하나 해 줘야죠, 이송엽 선수.]

　똑같이 세월에 약해졌어도, 일본산과는 다른 방법을 선택한.

　아직 음식을 씹기엔 무리가 없는 한국산 준치가 타석에 섰다.

　메이저리그에서는 흔히 타자를 평가할 때 20-80 스케일을 사용한다.

　그 20-80 스케일의 평가 항목은 다섯 가지.

　콘택트, 파워, 어깨, 주루, 수비.

　그중에서 순수하게 타자의 '타격'만을 평가하는 항목은 다시 두 가지다.

　바로 콘택트와 파워.

　물론 그 두 가지를 모두 80점 수준으로 겸비할 수 있다면 말할 필요도 없겠으나.

　그건 당연히 아주 드문, 결코 쉽지 않은 경우다.

　마이크 트라웃 정도의, 백 년에 한 번 나올까 말까 한 천재나 가능한 일.

그렇다면 한 가지 재능만으로는 타자로서 그라운드에 설 수 없는 걸까?

아니 절대 아니다.

양면에서 공격하면 수비벽을 돌파하기 더 쉬운 건 맞지만.

한쪽 면만으로도 능히 공략할 수 있는 법.

스즈키 이치로가 바로 그 예시 중 하나였다.

장타력은 부족하지만, 콘택트 능력을 한계 이상으로 발전시킨 남자.

빠른 발과 훌륭한 콘택트를 연계한 높은 출루율로 메이저리그 정상에 우뚝 선 존재.

그러니 어찌 보면 당연했다.

교타자의 정점에 오른 스즈키 이치로가 시간이라는 난적을 상대로 콘택트의 극대화라는 해결책을 선택한 것은.

물론 그게 틀렸다는 건 아니다.

스즈키 이치로라는 거인이 심사숙고 끝에 내린 결정일 것이며.

자신의 장점을 강화한다는, 아주 성공 확률이 높은 선택이다.

하지만 틀리지 않았다는 것이 유일한 정답이라는 소리는 아니었다.

정상에 오르는 길은 결코 한 가지가 아니며.

검은 고양이든 흰 고양이든 쥐만 잘 잡으면 털 색깔은 상관이 없는 법.

콘택트 능력을 중점적으로 발전시켜 높은 출루율을 보이는 교타자가 통한다면.

파워에 집중하여 점수에 직결되는 장타를 생산해 내는 존재, 슬러거도 먹히는 게 당연지사 아니겠는가.

8회 말, 0-0 상황.

'자신의 장점을 강화'한다는 선택은 스즈키 이치로와 같았으되, 그 끝에서 전혀 다른 결과를 쟁취한 대한민국의 국민 타자가 타석에 섰다.

[8회 말, 우리 대한민국의 선두 타자는 홈런왕 이송엽 선수입니다. 많은 팬분들이 약속의 시간이라고 부르는 8회인데, 이송엽 선수가 뭐 하나 해 줬으면 좋겠습니다. 이제 그럴 때가 되긴 했거든요.]

콘택트는 부족할지언정 파워만큼은 스즈키 이치로가 감히 범접할 수 없는 남자.

선풍기라고, 떨공삼이라고 조롱당하지만 어떤 공이라도 담장 너머로 넘길 수 있기에 감히 투수들이 경시하지 못하는 타자.

[이젠 하나 해 줘야죠, 이송엽 선수.]

이송엽.

순한 얼굴을 하고도 백수의 왕, 사자에 비견되는 남자가 마운드를 직시했다.

그곳에 서 있는 건 공교롭게도 사자라는 이름을 공유하는 팀, 세이부 라이온즈의 마무리.

와쿠이 히데아키.

선발투수였으나, 지난해부터 마무리 투수로 깜짝 변신하여 30세이브를 올린 남자였다.

세월에 맞서 콘택트 대신 파워를 강화하고.

부족한 콘택트를 두뇌로 커버하는 절정의 게스 히터가 타깃을 설정했다.

'포크볼.'

다음 순간, 와쿠이 히데아키의 초구가 날아들었다.

부우웅―!

"스트라이크!"

[헛스윙! 크게 헛치는 이송엽 선수! 원 스트라이크가 됩니다!]

[오늘 이송엽 선수의 스윙이 너무 커요! 일본 투수들이 계속해서 낮은 코스를 공략하는 건 맞지만, 조금 침착할 필요가 있습니다!]

낮은 코스로 들어오는 포크볼.

떨공삼이라 조롱받을 정도로 떨어지는 변화구에 약한 이송엽의 약점을 정확히 후벼 파 오는 공.

그 선명한 악의가 이송엽에게 NPB에서 보낸 지난 8년을 떠올리게 했다.

초반에는 괜찮았다.

치바 롯데 마린즈의 중심 타자로서 일본 시리즈 우승을 자신의 손으로 이끌었다.

하지만 점차 노쇠해 가는 육체와 상대 팀들의 분석은 그를 나락으로 떨어뜨렸고.

마침내 최악의 먹튀라는 오명까지 뒤집어썼다.

그 와중에 그를 가장 힘들게 했던 것이 바로 이 떨어지는 변화구.

스플리터, 포크볼, 커브 등 일본 투수들이 즐겨 사용하는 변화구였다.

그러나 그 공에 다시 당했음에도, 이송엽의 표정과 결정은 변화가 없었다.

'포크볼.'

그가 노리던 포크볼은 지금 이 포크볼이 아니었으니까.

이송엽의 방망이가 다시 한번 바람을 갈랐다.

부우웅―!

"스트라이크!"

[다시 헛스윙! 이번엔 슬라이더에 헛스윙하는 이송엽!]

[아…… 좋지 않습니다. 벌써 투 스트라이크로 몰렸어요! 침착해야 해요, 이송엽 선수!]

게스 히팅이란 원하는 공을 노려서 치는 걸 이른다.

그러나 그렇다고 원하는 공을 기다리기만 해야 할까?

게스 히터란 언제나 해당 타석에서만 수 싸움을 하는 존재일까?

'반드시 온다.'

삼진, 병살, 그리고 다시 병살.

한국보다 수준 높은 일본 투수들의 떨어지는 변화구에 대응하지 못하는 거다.

아직 다 끌어 올리지 못한 몸 상태가 문제다.

아니다. 애초에 에이징 커브가 와서 이제는 한국에서만 통하는 내수용이다.

경기장 내외에서 울려 퍼질 수많은 비난을 알면서도, 단 한 방을 위해 묵묵히 빌드 업을 진행한 게스 히터의 눈이 번뜩였다.

[와쿠이 히데아키, 제3구!]

명백히 떨어지는 공에 약한 타자가 있다.

그리고 자신은 그 타자의 취약점을 제대로 찌를 수 있는 포크볼을 가지고 있다.

하지만 그 타자가 언제든 담장을 넘길 수 있는 슬러거이며, 계속해서 큰 스윙을 반복한다.

심지어 경기는 한 점 승부.

세간의 관심이 집중된 빅게임이다.

터프한 상황에서의 부담감이든, 타자의 스윙에 쫄아서든 투수로서 안전한 선택을 내리는 게 이상한 일은 아니었고.

'더 낮게!'

와쿠이 히데아키는 그 안전한 선택을 내렸다.

허나 와쿠이 히데아키에겐 불행하게도.

그게 바로, 이송엽이 기다리던 공이었다.

부우웅-!

이송엽의 방망이가 마치 골프를 치듯이 땅바닥을 스치고.

따아아악-!

바운드를 일으킬 만큼 낮게 떨어지던 와쿠이 히데아키의 안전한 포크볼이 쏜살같이 하늘 저편으로 사라졌다.

[호…… 홈런! 홈런입니다-! 이송엽 선수의 홈런! 전광판을 강타하는 대형 홈런! 역시 이송엽! 역시 이송엽입니다!]

[맞자마자 넘어간 공이었어요! 대단합니다. 이송엽 선수! 결국 중요할 때 중요한 한 방을 쳐 주네요!]

침묵에 빠진 도쿄 돔의 그라운드.

쾌직-!

때리자마자 배트를 집어던진 약속의 사나이가 그 그라운드를 짓밟았다.

[1-0! 이송엽 선수의 솔로 포로 소중한 선취점을 확보하는 대한민국입니다-!]

어떻게 보면 고작 1점에 불과할 수도 있다.

하지만 그라운드에 있는 양국 선수들도, 경기장에 자리 한 관중들과 관계자들도, 먼 곳에서 지켜보고 있는 팬들도.

모두 알고 있었다.

－끝났네.

1점이면 충분하다는 사실을.

부우웅―!

"아웃!"

[스윙! 스트라이크아웃! 최준 선수가 아쉽게 삼진을 당하면서 스리아
웃! 대한민국의 8회 말 공격이 종료됩니다! 그러나! 드디어 터진 이송엽
선수의 솔로 홈런으로 마침내 승부의 균형이 깨졌습니다! 1-0으로 대한
민국이 앞서 나가기 시작했다는 기쁜 소식을 전해 드리면서, 저희는 잠
시 후에 찾아뵙겠습니다!]

부랴부랴 투수를 교체한 일본이 간신히 희망이라는 불씨
를 작게 피워 둔 마운드.

저벅― 저벅―.

9회 초.

잔불조차 남기지 않을 무자비한 신의 스파이크가 10인치
의 흙더미를 짓이겼다.

뻐엉―!

그리고 결과를 확인하는 데는.

뻐엉―!

13구면 충분했다.

〈1점이면 충분하다! 김신, 도쿄 돔을 침묵시키는 호투!〉

한일전의 승리와 승자조 직행.

한국 팬으로선 당연히 기뻐해야 마땅할 일이었지만…….

〈무결점 투수 김신의 무결점 투구. A매치 방어율 0.00!〉

–매! 메이자 무패 투수 클라쓰 봤나!

–섬나라 원숭이들 수준으론 건드리지도 못하쥬?

–확고부동한 에이스가 있다는 게 이런 기분이구나……. 난 여태까지 몰랐잖어.

└난 에이스가 있는 기분은 아는데 왜 승리의 기쁨은 모르겠냐……?

└혹시 팀 상징이 치킨임? ㅋㅋㅋㅋㅋㅋ 애도를 표한다. 이제 그 에이스도 없네.

그 기쁨은 채 10분도 가지 못했다.

〈안타 8개로 1득점. 대한민국, 이대로 괜찮은가〉

–안 괜찮지 ㅅㅂ. 이송엽한테 다 줄빠따 좀 맞아야 쓰것다.

–그 이송엽이 병살을 몇 개를 쳤는지는 알고 얘기하냐? 홈런으

로 까방권 생긴 건 맞는데 줄빠따는 추신서가 때려야지.

　–추신서 : 형은 나가 있어. 이송엽 : 고맙다, 신서야. ㅋㅋㅋㅋㅋ
ㅋㅋㅋ

　8개나 되는 안타를 치고도 1득점밖에 하지 못한 타선의 응
집력이 먼저 도마에 올랐고.

　〈승자조 직행한 류종인호! 4강 진출의 경우의 수는?〉

　–이런 미친 대진표 보소? 대만한테 지면 일본, 대만한테 이겨도
순위 결정전에서 일본이야?

　└ㅋㅋㅋㅋㅋㅋ 심지어 결승에서 또 만날 수도 있음. 사무국 새
끼들 머리통 좀 열어 보고 싶다. 이게 대회냐? 이게 대회야?

　└2006년에도 그랬는데 새삼스레 뭘. 보이콧 정도 해 줘야 정신
차릴 듯;

　└일본이 쿠바한테 질 수도 있잖아.

　└차라리 그러면 좋겠다, 진짜.

　└김신한테 발리긴 했어도 일본이 8강 광탈할 정도는 아니지.

　2006년의 경우처럼 일본을 세 번이나 만날 수도 있다는
사실과.

─ㄷㄷ; 대만을 무조건 이겨야겠네. 대만한테 지면 김신 없이 1득
점짜리 타선으로 일본이랑 단두대 매치임;;;;

└ㅇㅇ. 최종전에서 만나면 솔직히 ㅈ됨. 순위 결정전까진 가야
김신 버프 받고 미국 피해서 결승 간다. 그리고 결승전에서 김신이
김신 하면 우승! 싹이죠?

└3월 11일이면 사흘 휴식인데 나올까?

└나오지. 안 나왔다가 일본한테 지고 4강에서 미국 만나면 망
하는데. 미국 라인업 ㅎㄷㄷ한 거 못 봤음? 무슨 올스타를 그대로
갖다 박았음.

└ㅇㅈ. 뭐, 4강에서 김신 쓰면 이길 수도 있긴 한데 그랬다간 결
승에서 또 조질 듯.

└무슨 대표팀이 김신 없으면 허수아비냐? 적당히 해라.

└어? 정답!

대만과의 승자조 경기에서 패할 시, 일본과 지면 집에 가
야 하는 단두대 매치를 벌일 수도 있다는 현실에 우려를 표
했다.

하지만 그 걱정은 일본 팬들에 비하면 새 발의 피였다.

─……일단 다음 경기나 응원하자. 이제 지면 끝이잖아.

─맞는 말이다. 그리고 꼭 나쁘지도 않다! 사무라이는 배수의 진
을 쳤을 때 강해지는 법!

└배수의 진 그거…… 그냥 공격 루트 줄이려고 하는 건데…….

경기 중반, NPB 스카우터들이 먼저 떠올렸던 생각하기도 싫은 미래 앞에서.

일본 팬들은 간절히 소망했다.

"제발……!"

일본은 승승장구하고, 한국이나 미국은 제발 패배하기를.

하지만.

따악-!

[마이크 트라웃! 비운의 신인왕이 3안타를 몰아칩니다-!]

[과연 비운의 신인왕이라 불릴 만하네요. 김신 선수가 없었다면 이 선수에 비할 루키가 누가 있었겠습니까.]

비운의 신인왕이란 새 별명을 받아 든 마이크 트라웃을 포함한 미국 대표 팀은 연일 그 강력함을 과시하기 바빴고.

따악-!

[쳤습니다! 좌중간을 가르는 적시타! 강민훈 선수의 적시타로 3-0! 2회에 빅 이닝을 만들어 내는 대한민국! 하위 타순에서까지 이렇게 힘을 내 주면 질 수가 없죠!]

정말 줄빠따라도 맞았는지 하위 타순까지 골고루 폭발한 대한민국을 대만이 감당하지 못하면서.

뻐엉-!

[경기 끝났습니다! 7-2로 대만에게 완승을 거두는 대한민국 대표팀!

4강 확정입니다!]

대한민국은 일찌감치 4강 진출을 확정 지었다.

〈일본, 기어코 최종전 제압! 2013 WBC 2차 한일전 발발!〉

물론 일본 또한 패자조에서 쿠바를 제압하고.

승자조에서 떨어진 대만을 최종전에서 격파함으로써 4강을 확정 짓긴 했으나.

〈김신, 일본과의 순위 결정전 출격 예고!〉

또다시 그 앞에 철벽이 세워졌다.

—칙쇼!

NPB 스카우터들의 상상이 현실로 상륙하기 시작했다.

◓

더블 엘리미네이션(Double Elimination).

용어 그대로 두 번 탈락해야 진짜로 탈락하는, 패자 부활전이 있는 토너먼트 룰.

대진운이나 당일 컨디션과 같은 변수를 최소화하기 위해서, 또는 경기 수를 늘려 흥행을 끌어 올리기 위해서 사용하는 방식으로.

참가자 수가 적은 대회에서는 쌍수를 들고 환영하는 제도다.

메이저리그 사무국에서 주관하는 월드 베이스볼 클래식 또한 이 룰에 따라 본선 2차 라운드를 진행한다.

그런데 WBC의 더블 엘리미네이션은 조금 특이하다.

대부분의 더블 엘리미네이션 토너먼트는 일단 한번 패배한 팀은 패자조로 내려가기 때문에 지지만 않는다면 만났던 팀과 다시 만날 일이 거의 없다.

결승전을 제외하고.

그러나 WBC에서는 무패로 올라가더라도 같은 팀과 세 번, 심지어 네 번까지도 만날 수가 있다.

그걸 가능케 하는 게 바로 본선 2라운드 패자조 간의 최종전 이후 펼쳐지는 순위 결정전이다.

최종전(最終戰).

가장 마지막 경기라고 해 놓고는 다시 4강 진출을 확보한 팀들끼리 1, 2위를 가리기 위해 순위 결정전을 치러야만 하기 때문에.

오히려 못 만나 본 팀보다 만났던 팀을 다시 만날 확률이 높은 것이다.

그러므로 2006년의 한국과 일본처럼 내리 패하던 팀이 마지막 한 번의 승리로 우승컵을 거머쥐는 말도 안 되는 일이 이론적으로 얼마든지 생길 수가 있다.

조별 리그-더블 엘리미네이션 토너먼트-일반 토너먼트 룰.

본선 대회가 세 가지 방식으로 진행되는 탓에 생겨나는 아이러니.

그나마 예선전에선 한 팀씩만 진출 가능했기에 망정이지, 만약 예선전에서도 두 팀씩 가려냈으면 같은 상대와 한 대회에서 다섯 번이나 얼굴을 보는 것도 불가능은 아니었다.

아무리 흥행을 위해서라고 해도, 너무한 판단.

당연히 메이저리그 사무국은 야구팬들의 거센 비난에 직면할 수밖에 없었고.

결국 2015년 월드 프리미어 12와 2017년 WBC에서는 이러한 부분들을 점차 수정해 나갔다.

하지만 2013년.

아직은 상대 전적에서 앞서고도 우승컵을 내주는 엿 같은 일이 가능한, '강제적인' 순위 결정전이라는 제도가 버젓이 살아 있는 시기.

한국과 일본의 두 번째 경기가 3월 12일 같은 도쿄 돔에서 열렸다.

[안녕하십니까, 시청자 여러분! 여기는 한국과 일본, 일본과 한국의

본선 2라운드 순위 결정전이 펼쳐지고 있는 도쿄 돔입니다! 이미 4강 진출권을 확보한 두 팀 간의 경기인데요……]

한국과 일본, 전통적인 원수 간의 싸움에 경기장은 물론이거니와 인터넷상에서도 뜨거운 분위기가 넘실댔다.

　–다시는 개기지 못하게 짓밟아 버려!
　–마지막에 웃는 자가 웃는 법! 나아가라, 일본!

물론 한국과 일본. 두 국가명 뒤에 숨어 있는, 식민 지배를 했던 국가와 식민지였던 국가 사이의 해묵은 감정과.

인접 국가로서의 라이벌 의식도 분위기를 달구는 요인이었음은 부정할 수 없었다.

하지만 본디 다음 라운드를 겨냥해 전력의 보존을 꾀하는 경우가 많은 순위 결정전이 이토록 치열해진 것은 그 이유 하나뿐은 아니었다.

[양 팀 모두 한 치의 양보 없는 최선의 라인업을 들고 나왔습니다. 아무래도 2조에서 막강한 전력을 과시하고 있는 미국을 의식하지 않을 수 없었던 거 같습니다.]

[그렇죠. 바로 어제 푸에르토리코를 11–1 콜드 게임으로 제압하면서 이번 대회 평균 득점이 무려 8점이 넘을 만큼 막강한 공격력을 자랑하고 있는 미국입니다.]

시간이 갈수록 호흡이 맞아 가는 건지, 살이 떨리게 만드는 미국의 퍼포먼스를 신경 쓰지 않을 수 없었던 것.

잠시 말을 끊었던 해설자가 계속해서 입을 열었다.

[마운드는 어떻고요. 저스틴 벌랜더와 R. A. 디키라는 원투펀치를 앞
세워 평균 1점이 조금 넘는 대회 최소 실점을 기록하고 있어요. 즉, 결국
미국이 본선 1위로 올라올 확률이 유력한 지금 같은 상황에서, 양 팀 모
두 이번 경기를 반드시 잡고 싶을 수밖에 없죠.]

[말씀처럼 두 번의 실패 이후 칼을 갈고 나왔다는 게 느껴지는 실력
행사입니다. 마치 1992년 바르셀로나 올림픽 때 농구 드림팀을 생각나
게 하는군요.]

압도적인 경기력으로 올림픽을 어른과 아이의 싸움으로
만들었던 1992년 바르셀로나 올림픽 미국 농구 대표팀이 생
각나는 2013 WBC 미국 대표팀.

하지만 한국 해설자들의 목소리는 어둡지 않았다.

그것은 국뽕 때문이 아니라, 진지한 분석이 따른 결과였
다.

[그럼에도, 우리 대한민국에 충분히 승산이 있습니다.]

[그렇죠, 그렇죠. 오늘 선발 등판하는 이 선수, 드림팀 미국을 잠재울
수 있는 유일한 투수, 김신 선수가 있으니까요!]

1회 초.

승자조에서 직행한 팀으로서 홈팀 역할을 맡은 한국팀의
마운드.

한국인들이 내뿜는 자신감의 근거가 그곳에 발을 디뎠다.

"Kim Will Rock You-!"

뉴욕에서 울려 퍼지던 응원가가 수천 킬로미터 너머 도쿄에서 메아리쳤다.

뻐엉-!

-저놈도 사람이야!

실낱같은 희망을 견지한 일본 팬들에게는 애석하게도.

3월 12일 도쿄 돔에서 열린 2013 WBC 2차 한일전은 예상보다 싱겁게 끝이 났다.

따악-!

[추신서-! 1회부터 일찌감치 타점을 신고합니다!]

[추신서 선수 앞에서 주자를 쌓았다는 건 파국이죠.]

1회 말.

김신과 똑같이 사흘의 휴식을 불사하며 투혼을 불태운 다나카 마사히로가 신과 인간의 차이를 체감하며 무너져 내린 걸 시작으로.

따악-!

[좌측 큽니다! 좌측 담장, 좌측 담장…… 넘어갑니다! 이대후 선수의 투런! 성큼성큼 도망가는 대한민국입니다!]

[좋습니다, 좋아요!]

1차 한일전에서 부진했던 한을 풀어내듯이 대한민국의 방망이가 일본 투수들에게서 식은땀을 한 바가지씩 뽑아냈다.

반면.

뻐엉―!

[스트라이크아웃! 시속 163km! 김신 선수의 강속구가 불을 뿜습니다!]

[등 뒤가 편안하니 재고 자시고 할 필요가 없죠! 아주 공격적으로 존을 공략하는 김신 선수입니다!]

1회 말부터 어깨 위에 얹어진 득점 지원을 바탕으로 고삐가 풀린 김신의 파이어볼이 일본 타자들의 손을 연신 어지럽히고.

부우웅―!

[스윙 스트라이크아웃! 박천후 선수의 전매특허, 슬로 커브가 제대로 먹혀 들어갑니다!]

[일본 타자들이 맥을 못 추네요. 저게 보기엔 느려 보여도 정말 치기 어려운 공이거든요.]

[예, 정말 그런 것 같습니다. 포효하는 박천후!]

김신의 활약 덕에 놀고먹는다는 팬들의 핀잔을 받던 대한민국의 불펜진이 제 역할을 충실히 해 내면서.

따악―!

[높이 뜹니다―! 중견수 이윤규, 자리 잡고 기다립니다! 잡을 수 있을

듯… 잡아냈습니다! 경기 종료! 8-2! 대한민국이 일본을 다시 한번 제압합니다! 조 1위로 4강에 진출하는 대한민국! 자랑스럽습니다!]

[훌륭합니다, 선수들! 하지만 방심하면 안 됩니다. 이제부터 시작입니다. 4강 그리고 결승에서 좋은 모습을 보이려면 이제부터 주어지는 4일간의 휴식을 알뜰히 사용해야 해요. 우리 선수들, 끝까지 집중력을 놓지 않길 바랍니다.]

[그렇습니다. 이동일까지 포함하면 무려 5일이지만, 시차 적응부터 시작해서 할 일이 많죠. 그러나 우리 대한민국 대표팀이라면 잘해 낼 거라고 믿습니다. 시청자 여러분! 우리 대한민국 대표팀이 일본을 꺾고 기분 좋게 미국행 비행기를 타게 됐다는 걸 전해 드리면서, 중계 마치겠습니다.]

일본 열도가 악몽 속으로 빠져들었다.

〈김신, 7이닝 무실점 호투! 이변은 없었다!〉
〈제로의 사나이 김신! 미국? 나와!〉

한국과 일본의 희비가 교차되던 3월 12일 저녁.
두 나라의 시각으로는 3월 13일 새벽.
먼 아메리카 대륙에서는 4강 진출이 유력한 두 나라의 승자조 경기가 진행됐다.

자신들의 상대가 될 걸로 유력하게 점쳐지는 국가들 간의 맞대결이었기에, 한국과 일본에서도 많은 팬들이 일찍부터 브라운관 앞에 앉았다.

[안녕하십니까, 시청자 여러분! 미국과 도미니카 공화국, 도미니카 공화국과 미국의 2조 승자조 경기로 찾아뵙습니다! 먼저 1회 초 공격을 펼칠 도미니카 공화국의 라인업입니다……]

미국이야 야구 종주국이기도 하고, 연일 언론에서 대서특필했기에 그 전력이 얼마나 대단한지 대부분의 시청자가 알고 있었지만.

–도미니카도 만만치 않은데?
ㄴ그러게? 메이저리거가 몇이야, 도대체.
ㄴ원래 만만치 않았음. 여기도 전승이야.

상상외로 탄탄한 도미니카 공화국의 라인업은 김신의 활약으로 야구에 관심을 가지게 된 뉴비들을 놀라게 했다.

샌디에이고 파드리스의 에이스, 에딘슨 볼케즈를 필두로 한 선발진.

2010년부터 5년간 메이저리그에서 가장 홈런을 많이 쳤던 타자, 호세 바티스타를 시작으로.

에릭 아이바, 헨리 라미레즈, 호세 레예스, 카를로스 산타나, 에드윈 엔카나시온, 아드리안 벨트레 등 메이저리그 주전급이 줄줄이 포진한 타선.

　그리고.

　-와, 이 친구 패기 보소. 멋있는데?

　'나라를 대표하는 데 구단의 허가 따위는 필요치 않다.'는
호쾌한 발언과 함께 팀에 합류한.

　2012 시즌 ERA 0.60에 48세이브를 기록, 방어율 면에서
만 보면 김신조차 뛰어넘은 1년 한정 최강의 마무리.

　페르난도 로드니가 이끄는 불펜진.

　원 역사에서 유일무이한 WBC 전승 우승을 기록했던 그때
보다 더욱 강력해진 도미니카 공화국의 스쿼드는 아무리 야
구를 잘 모르는 뉴비더라도 기함할 수밖에 없었던 것이다.

　1회 초, 도미니카 공화국의 선전은 그 심상치 않은 전력의
증명이었다.

　따악-!

　[쳤습니다! 3유간을 관통하는 타구! 에릭 아이바가 팀의 첫 출루를 달
성합니다!]

　기술적인 타격으로 에릭 아이바가 1루에 진출한 후.

　[1루 주자 에릭 아이바가 계속해서 투수를 자극합니다. 너클볼러인 디
키 선수로서는 부담이 되지 않을 수 없는 상황. 투수, 와인드업!]

　따악-!

[잘 받아쳤습니다! 센터 쪽! 큽니다! 멀리 뻗습니다! 멀리⋯⋯!]

[넘어갔어요. 홈런입니다.]

[넘어갑니다! 선제 투런 홈런! 호세 바티스타! R. A. 디키 선수가 고개를 떨굽니다!]

호세 바티스타의 큼지막한 홈런으로 기선 제압에 성공한 도미니카 공화국.

　-이거 뭐야? 도미니카가 이기겠는데?

　-ㄷㄷㄷㄷ;

그러나 이어진 1회 말 미국의 공격은 도미니카 공화국의 선전을 순식간에 지워 버렸다.

따악-!

[데릭 지터-! 곧바로 되갚아 주나요?]

1번 타자 데릭 지터가 밝힌 빛이.

더스틴 페드로이아-데이비드 라이트-조 마우어-지안카를로 스탠튼-프린스 필더-마이크 트라웃이라는 은하수를 따라 도도하게 흘렀다.

따악-!

따악-!

따악-!

그리고 1회 말이 끝나고 나서야.

팬들은 간신히 참았던 숨을 내뱉을 수 있었다.

–시벌…… 살벌하다. 살벌해. 숨이나 쉬겠냐.

–무서워. 여기서 나가야 해.

–투수가 영 모자란 거 아님?

 └좀 떨어지긴 해도 메이저 1선발임 ㅋㅋㅋㅋㅋ 미친 핵빠다.
진짜.

–뛰는 놈 위에 나는 놈 있다더니…….

5-2.

30점은 너끈히 뽑을 듯한 불방망이의 향연에 김신의 눈동
자가 깊어졌다.

미국과 도미니카 공화국의 WBC 2라운드 2조 승자전은 미
국의 승리로 돌아갔다.

15-7.

8점 차라는 압도적인 격차로.

그 경기 결과를 확인한 한국 팬들은 찬물을 뒤집어쓴 것
같은 기분을 느꼈다.

지금까지는 몸 풀기 삼아 설렁설렁 뛰었던 거라는 듯한 미

국의 경기력 때문에?

아니, 그건 익히 예상하고 있던 바였다.

드림팀 미국의 전력이야 연일 세상을 떠들썩하게 했으니까.

정말로 한국 팬들을 기함하게 했던 건 그런 미국을 상대로.

내로라하는 메이저리그 수위급 투수들을 상대로 지고 있는 상황에서도 7번이나 홈플레이트를 밟은 도미니카 타자들의 투지와 역량이었다.

　

－아니, 도미니카가 어디 붙어 있는 나란데 이렇게 잘하는 거임?
ㄴ원래 잘했어. 야알못아. 메이저리그에 선수 수출하는 나라인데. 이번에 양키스에서 활약한 매니 마차도나 델린 베탄시스도 도미니카 출신임. 다행히 이번엔 안 나왔지만.

　

야구에 대해 좀 안다 하는 골수팬들의 경우, 원래부터 알고 있긴 했다.

미국보단 낮지만 도미니카도 쉬이 볼 수 없는 상대라는 것을.

그들은 상대적 우월감을 느끼며 이제야 알았냐는 듯 뉴비들을 '야알못'이라 비웃었다.

하지만 결국 그들도 평가만 할 뿐, 앞으로 한국이 어떻게

4강전과 결승전을 헤쳐 나가야 할지에 대해선 대책이 없었다.

　　ㅡ······김신 없이 이길 수 있을까?
　　ㄴ메이저 투수들이 저렇게 두들겨 맞는데 KBO가 버틴다고? 말이 되는 소리를 해라. 무조건 김신 4강에 써야 함.
　　ㄴ그럼 결승은 어쩌고.
　　ㄴ마······ 여기까지 왔는데 어쩌겠심꺼 해야지.
　　ㄴ하루 쉬고 던지는데 되겠냐? 말이 되는 소리를 해라.
　　ㄴ웃기지만, 지금 그게 제일 말이 되는 소리야.

　　이틀 간격으로 열리는 4강전과 결승전에서 김신이 연투를 해야 한다는 어불성설이 가장 가능성 높은 수로 받아들여질 정도로.
　　도미니카 공화국의 전력은 일견 한국이 감당할 수 없을 듯했다.
　　물론, 다른 의견도 있었다.

　　ㅡ매국노 새끼들. 그럼 여태까진 어떻게 했는데. 그딴 패배주의에 물들어 있으니까 너희가 방구석에서 댓글이나 싸는 거다. 근성이 없어, 근성이.
　　ㄴㅇㅈ. 길고 짧은 건 대 봐야 아는 거지. 윤상민도 메이저에서

충분히 통할 만한 투수임.

그러나 그렇다고 해도 객관적인 전력에서 대한민국이 한 수 뒤지는 건 바꿀 수 없는 현실.

자연히 대한민국 대표팀 사령탑을 맡은 류종인 감독의 고민은 깊어질 수밖에 없었다.

"끄응⋯⋯."

그런 상황에서 열린 도미니카 공화국과 푸에르토리코의 패자조 경기.

따악-!

[담장- 넘어갑니다! 에드윈 엔카나시온! 토론토 블루제이스의 클린업이 푸에르토리코를 박살 냅니다!]

토론토 블루제이스의 3번과 4번, 에드윈 엔카나시온과 호세 바티스타의 방망이가 이끄는 도미니카 공화국은 미국전에서의 선전이 플루크가 아님을 증명하면서.

뻐엉-!

[경기 끝났습니다! 10-0! 7회 콜드 게임으로 도미니카 공화국이 푸에르토리코를 집으로 돌려보냅니다!]

자신들이 미국 바로 다음의 전력을 구가하고 있다는 사실을 전 세계 야구팬들 앞에서 선보였다.

"후우⋯⋯."

그렇게 미국과 도미니카 공화국의 순위 결정전이 확정된

날 저녁.

한숨만 깊어 가는 류종인 감독의 호텔 방에 손님이 찾아왔다.

"감독님, 드릴 말씀이 있습니다."

"……?"

익히 이 상황을 예측하고 있던.

그의 고민을 끝내 줄 남자가.

류종인 감독이 앞으로 열릴 4강 토너먼트에 대해 고민하는 것과 같이.

그렉 매덕스 또한 한 가지 고민에 머리를 싸매고 있었다.

"헤이, 벌랜더! 집중해!"

"필더, 지금 어디에 정신을 팔고 있나!"

이번 미국 대표팀이 역대급 전력을 과시할 수 있었던 건 2006년과 2009년의 연속된 실패를 설욕하고자 하는 야구 종주국으로서의 자존심도 있었지만.

김신이라는 새하얀 도화지에 패배라는 오점을 최초로 찍어 주고 싶어 하는, 또한 그에게 당했던 패배를 되갚아 주고자 하는 선수들의 열의도 크나큰 지분을 차지하고 있었다.

한데 그 타도 김신의 기치(旗幟)가 유명무실하게 되면서 몇

몇 선수들의 투지가 사그라들고 있었던 것이다.

"이거 이러다가 킴은 만나지도 못하겠는데?"

"그러게 말이야. 킴이 출전하는 거 아니면 한국이 올라올 것 같지가 않아."

한국의 경기를 보고, 도미니카를 실제로 만나 보니 김신 없는 한국이 도미니카를 이길 것 같지가 않다.

그렇다고 김신이 나와서 도미니카를 이기고 올라와도 결국 결승전에선 등판하지 못한다.

즉, 미국이 도미니카 공화국과의 순위 결정전에서 패해 2등으로 올라가지 않는 한 김신과 미국 대표 팀은 만날 가능성이 희박했던 것이다.

그렇다고 국익에 반해 순위 결정전에서 패배하고 한국을 만나러 갈 수도 없는 상황.

훈련이 한창인 그라운드를 바라보며, 그렉 매덕스가 미간을 모았다.

"으음……."

아직까지는 자신의 이름값이 있어 어느 정도 수습이 되고 있지만 이 분위기가 결승전까지 간다면 위험하리라.

'한국, 일본, 도미니카. 결코 만만치 않다.'

물론 아무리 그래도 메이저리거들이고, 태업까진 가지 않을 터였다.

그러나 아주 근소한 마음가짐의 차이가 크나큰 패착으로

변질될 수도 있는 것이 분위기의 스포츠, 야구였으며.

특히 지금과 같은 단기전에선 일단 일이 벌어지면 다시 주먹을 불끈 쥔다고 해도 뒤집을 수 있는 기회가 없을지 몰랐다.

'정말 순위 결정전에서 힘을 빼야 하나? 한번 지고 나면 그래도 좀 정신을…… 아니, 아니야. 그랬다가 신이를 넘지 못하고 4강에서 패배하는 꼴을 볼 수도 있다.'

하지만 초보 감독인 그렉 매덕스로선 뾰족한 수를 낼 수가 없었고.

순위 결정전을 준비하는 그렉 매덕스의 미간이 펴질 줄 모를 무렵.

한 남자가 자신의 진가를 드러냈다.

"헤이, 가이즈. 왜 이래? 사탕 뺏긴 어린애야?"

이 세상에서 가장 주장이라는 직책이 잘 어울리는 남자.

감독이 할 수 없는 것을 해 내기에 충분한 역량을 가진 선수.

"……지터 씨."

데릭 지터였다.

그의 속삭임이 한 사람, 한 사람. 의욕을 잃어 가던 선수들에게 향했다.

"생각해 봐. 고작 3경기야, 3경기. 그것만 이기면 역사에 길이 남을 명예를 얻는 거라고. 최초의 WBC 우승 팀 멤버.

안 그래? 뭐, 물론 순위 결정전은 져도 되긴 하는데 전승 우승이 더 의미 있지 않겠어?"

"……최초의 WBC 전승 우승, 말입니까?"

"그래. 그거야, 그거."

때로는 명예를 일깨우고.

"솔직히 까놓고 얘기해 보자. 우리가 순위 결정전에서 좀 설렁설렁 해 가지고 졌어. 4강에서 김신을 만나겠지. 그럴 거야. 근데 거기서 김신을 이길 거라 확신해?"

"……."

"솔직히 확신 못하지 않아? 아, 물론 우리가 김신을 두들겨 팰 수도 있겠지. 실제로 만나면 나도 엉덩이를 걷어 차 줄 생각이니까. 근데 지면?"

"……."

"그랬다가 지면 어떻게 되는데. 그거 감당할 수 있겠어? 순위 결정전에서 설렁설렁 한 거 되돌릴 수라도 있을까? 최선을 다했는데 어쩔 수 없이 그렇게 된 거랑 같을까? 팬들이 무슨 소리를 할지 상상이나 가?"

때로는 선수들의 가슴에 내재돼 있을 두려움들을 자극했으며.

"아니, 김신이야 페넌트레이스에서 두들겨 주면 되잖아. 원 없이 휘두르라고."

"같은 양키스 아닙니까?"

"물론, 내가 그만큼 너희 팀 투수를 괴롭히겠지. 어쨌든 지금보다 그때 두들겨야, 핀스트라이프를 입은 김신을 두들겨야 진짜 아니야? 어디 한번 해 보라고, 키드."

때로는 승부욕의 방향을 돌려놓았다.

"호오……."

그 모습에 마침내 그렉 매덕스의 미간이 제자리를 찾았다.

그리고 그날 저녁.

따악—!

[프린스 필더—! 연타석 홈런! 이번에는 우측 담장으로 아치를 쏘아 올립니다!]

4강 대진표가 완성됐다.

〈대한민국의 4강 토너먼트 첫 상대는 도미니카 공화국!〉

2013년 3월 16일.

미국과 도미니카 공화국의 2조 순위 결정전을 끝으로 4강 토너먼트만을 제외한 모든 WBC 일정이 종료된 다음 날.

네 나라 선수들에게 주어진 소중한 단 하루의 휴식일.

"흠."

김신은 AT&T 파크 그라운드 위에 서 있었다.

그러나 그가 지난 시즌 마지막 원정 경기, 월드시리즈 5차전을 치렀던 AT&T 파크를 둘러보며 마인드 컨트롤에 한창일 무렵.

띠리링-!

그의 스마트폰이 불청객의 연락을 토해 냈다.

액정에 뜬 불청객의 이름을 확인한 김신이 퉁명스레 전화를 받았다.

"뭐."

그 불청객의 이름은 게리 산체스.

미국 대표팀에 승선하지 못한 채 주축 선수들이 빠진 앙꼬 없는 시범 경기를 치르고 있을 양키스의 새로운 주전 포수였다.

김신의 목소리를 듣자마자 게리 산체스가 참아 왔던 물음을 던졌다.

-야, 너 나오는 거야, 안 나오는 거야. 왜 소식이 없어?

그 질문은 전 세계 야구팬들의 의문을 대표하는 물음이었다.

하루 앞으로 다가온 대한민국과 도미니카 공화국의 4강 첫 경기 선발투수가 아직도 언론에 공개되지 않고 있었던 것.

얼마나 참았는지 다급히 물어 오는 게리 산체스였지만, 김신은 시원스레 답을 주지 않았다.

"이따가 기사로 봐. 곧 나갈 거니까."

-야! 그냥 알려 줘! 나와, 안 나와?

"나올 수도 있고, 안 나올 수도 있고."

-뭐? 그게 무슨……!

뚝-.

의뭉스런 답변만을 남긴 채 전화를 끊어 버린 김신.

"다만…… 우리가 이길 거야, 게리."

그의 뇌까림이 AT&T 파크 위로 흩어지고.

〈마침내 공개된 4강전 선발! 그 주인공은 윤상민!〉

팬들의 갑론을박을 일으킬 류종인 감독의 선택이 공개됐
다.

다음 날, 경기가 시작되기 직전까지도 팬들은 류종인 감독
의 선택으로 설왕설래했다.

-진짜 괜찮은 거 맞나? 아끼다가 똥 되는 거 아냐?

└김신 내서 이겨 봐야 미래가 없는데 무슨. 도미니카를 두 번이
나 잡은 미국이 기다리는데?

└아니, 그 미국을 만나지도 못하면 그게 무슨 소용이야. 일단

이겨야 미래가 있지.

ㄴ윤상민도 있고, 장원석도 있고, 정다현도 있고, 박천후도 있다.
이길 수 있어.

ㄴ꼭 사회생활 안 해 본 놈들이 이딴 소리를 하지. 코 깨져 봐야
정신 차리는 건 인간의 본성인가 보다 ㅉㅉ.

ㄴ닥치고 기도나 해. 주사위는 던져졌다.

하지만 아무리 논해 봐야 류종인 감독의 결정대로, 1회 초
대한민국의 마운드에 오른 건 윤상민이었다.

[안녕하십니까, 시청자 여러분. 대한민국과 도미니카 공화국, 도미니
카 공화국과 대한민국의 2013 월드 베이스볼 클래식 4강 1차전 경기!
AT&T 파크에서 보내 드립니다! 아주 낯익은 경기장이죠?]

[그렇죠. 지난 2012 월드시리즈 준우승팀, 샌프란시스코 자이언츠
의 홈구장이니까요. 김신 선수의 경기를 지켜본 팬분들이라면 낯이 익
겠죠.]

[그런데 정작 오늘 우리 대한민국의 선발투수는 이 경기장에서 멋진
모습을 보여 줬던 김신 선수가 아닌 윤상민 선수입니다. 류종인 감독의
이 결정, 어떻게 생각하십니까.]

[글쎄요…… 뚜껑은 까 봐야 알겠죠.]

경기가 시작됐다.

뻐엉-!

내 집 마련을 위해, 멋진 드림카를 구매하기 위해, 투자할 만한 시드 머니를 확보하기 위해.

많은 사람이 허리띠를 졸라맨다.

또 많은 학생과 직장인이 찬란한 미래의 자신을 위해 현재의 휴식이나 유희를 포기하고 자기계발에 매달리기도 한다.

현재를 희생하여 미래를 준비하는 것.

그것은 이성 있는 유일한 동물, 인간의 특성이니까.

하지만 그것이 언제나 옳은 선택이라면 '내일만 사는 놈은 오늘만 사는 놈한테 죽는다.'는 영화의 명대사가 회자되는 이유는 무엇인가.

[안녕하십니까, 시청자 여러분. 대한민국과 도미니카 공화국, 도미니카 공화국과 대한민국의 2013 월드 베이스볼 클래식 4강 1차전 경기! AT&T 파크에서 보내 드립니다! 아주 낯익은 경기장이죠?]

[그렇죠. 지난 2012 월드시리즈 준우승팀, 샌프란시스코 자이언츠의 홈구장이니까요. 김신 선수의 경기를 지켜본 팬분들이라면 낯이 익겠죠.]

[그런데 정작 오늘 우리 대한민국의 선발투수는 이 경기장에서 멋진 모습을 보여 줬던 김신 선수가 아닌 윤상민 선수입니다. 류종인 감독의 이 결정, 어떻게 생각하십니까?]

[글쎄요… 뚜껑은 열어 봐야 알겠죠.]

결국 미래란 오늘의 생존이 보장되어야만 존재할 수 있는 시간이고.

허리띠를 졸라매다가 굶어 죽거나 휴식을 취하지 않다가 오히려 병을 얻는 것은 그야말로 본말전도인 법.

그래서였다.

류종인 감독이 꺼내 든 윤상민이라는 카드에 해설진조차 우려를 표한 것은.

윤상민이 그 정도로 부족하다는 뜻이 아니라, 명백히 더 나은 김신이라는 카드가 있음에도 아꼈다는 부분에서 그랬다.

이기면 잭팟이지만, 지면 쪽박일 수도 있는 미지의 수.

걱정과 기대가 교차하는 수.

하지만 그건 대한민국 측의 생각일 뿐.

도미니카 공화국 선수들이 받아들인 건 조금 달랐다.

[자, 그럼 선공권을 잡은 도미니카 공화국의 라인업부터 소개해 올리겠습니다. 1번 타자 유격수 호세 레예스, 2번 타자 2루수 에릭 아이바. 이번엔 에릭 아이바 선수가 2루수로 출전하네요······.]

치욕, 혹은 모욕.

차포를 떼고도 충분하다며 장기에 임하는 상대를 바라보는 기분.

고의사구로 앞 타자를 거르고 부러 자신을 상대하는 투수를 바라보는 기분.

어젯밤, 선발투수가 킴이 아니라 윤이라는 사실을 확인한 후부터 선연히 느껴지는 그 감정이 도미니카 공화국 선수들의 승부욕에 불을 당겼다.

〈도미니카 공화국 감독, 한국이 후회하도록 만들어 주겠다〉

대놓고 저격 기사까지 나올 정도로.

으득―!

선명한 잇소리와 함께 도미니카 공화국의 1번 타자, 호세 레예스가 스산한 눈빛으로 타석에 들어섰다.

[경기 시작됐습니다! 선두 타자는 올해 토론토 블루제이스로 둥지를 옮긴 유격수, 호세 레예스! 윤상민 투수, 강민훈 포수와 신중하게 사인을 교환합니다.]

투수와 포수의 사인 교환이 길어지는 사이, 호세 레예스 또한 전략을 재점검했다.

'두 개의 슬라이더를 결정구로 파워 피칭을 하지만 포심의 구속은 고작 90마일 초반 남짓. 슬라이더를 노리고 포심에 대응하면 충분히 공략할 수 있다.'

그 점검이 끝나자마자 맞춘 듯이 윤상민이 움직였다.

[투수, 와인드업!]

윤상민의 손에서 튀어나온 공이 호세 레예스가 칠 수 없는 곳에 틀어박혔다.

뻐엉-!

[초구는 볼. 바깥쪽으로 많이 빠졌습니다.]

[으음…… 제구가 흔들리는 게 아니었으면 좋겠는데요.]

완전히 바깥쪽으로 벗어난 포심 패스트볼.

큰 경기에 쫄아 버린 루키와 같은 그 모습을 비웃을 수도 있었지만, 호세 레예스는 오히려 감각을 더욱 날카롭게 벼렸다.

호랑이도 토끼를 잡을 때 최선을 다하는 법.

이제 베테랑이라 불릴 만한 경력을 쌓은 호세 레예스는 혈기를 억누르고 냉정해질 수 있는 남자였다.

닭 잡는 칼을 들이민 상대에게 자신이 닭이 아님을 증명하기 위해.

호세 레예스의 손에 거센 힘이 집약됐다.

꽈악-!

하지만.

'……!'

슬라이더를 노리고 포심에 대응한다는 호세 레예스의 전략은 완전히 빗나갔다.

호세 레예스와 도미니카 공화국 전력 분석팀이 간과했던 공들이 윤상민의 손에서 쏟아졌으니까.

뻐엉-!

"스트라이크!"

[윤상민! 도미니카 공화국을 상대로 첫 스트라이크를 잡아냅니다!]

[커브가 기가 막히게 들어갔어요.]

거의 사용하지 않는다던 커브.

부우웅-!

"스트라이크!"

[다시 한번 커브! 투 스트라이크를 잡는 윤상민!]

[아주 영리합니다. 윤상민 선수. 2구째에 구사했던 커브와 방금 구사한 커브는 다른 커브예요. 마치 체인지업처럼, 구속을 낮춘 슬로 커브를 오프스피드 피치로 사용한 것 같습니다.]

그 커브를 보여 주고 구사한 슬로 커브.

그리고.

'왔다!'

포심으로 확신하고 방망이를 휘두른 호세 레예스를 농락하는 공.

따악-!

[쳤습니다! 먹힌 타구! 2루수 정건후, 가볍게 잡아서 1루로! 아웃입니다! 윤상민 선수가 순조롭게 첫 아웃 카운트를 잡습니다!]

[방금 건…… 투심 같은데요. 아직은 봐야겠지만 아무래도 윤상민 선수가 오늘 평소와는 다른 피칭 레퍼토리를 들고 나온 듯합니다.]

홈플레이트 부근에서 꺾여 들어가는 변형 패스트볼인 투심까지.

쫘아악-!

현시점, AT&T 파크에서 가장 열 받아 있는 남자가 손아귀에 들어온 공을 으스러지게 쥐었다.

☺

동일한 사건일지라도 각자의 위치와 사정에 따라 받아들이는 건 천차만별인 법.

대한민국 팬들은 윤상민의 선발 출전을 도박수로 생각하고.

도미니카 공화국 선수들은 모욕에 가까운 수로 생각했다.

하지만 그 주인공, 윤상민은 어땠을까?

'이것들이……!'

아군은 자신의 출전을 놓고 질 거라는 둥, 왜 김신을 내지 않았냐는 둥 갑론을박하고.

심지어 적군은 대놓고 그를 무시하는 행태를 보인다.

그런 상황에서 격분하지 않는다면, 그게 바로 성인군자가 아니겠는가.

물론 윤상민은 결코 성인군자가 아니었다.

'김신은 김신이지만, 나도 윤상민이다!'

김신이 대단하다는 건 인정한다.

신드롬을 일으킬 정도의, 모를 수가 없는 성적을 썼으니까.

그렇다고 윤상민이라는 투수가 폄하받아 마땅한가?

아니, 적어도 윤상민 본인은 절대 인정할 수 없었다.

KBO를 제패하고, 이제는 메이저를 바라보고 있는 투수.

2009년, 김신조차 두들겼던 저 미겔 카브레라를 완벽히 제압한 사나이.

뻐엉-!

자신이 고작 닭 잡는 칼이 아니라, 소 잡는 칼이라는 걸 보여 주고자 하는 윤상민의 호투가 AT&T 파크를 장악했다.

뻐엉-!

"스트라이크아웃!"

2번 타자 에릭 아이바, 7구 승부 끝에 서클 체인지업에 삼진.

따악-!

[3유간! 바운드가 큽니다! 유격수 손세헌! 안정적인 캐치! 1루에서…… 아웃입니다! 스리아웃! 대한민국이, 윤상민 선수가 1회 초를 가볍게 틀어막았습니다!]

3번 타자 에드윈 엔카나시온, 2구째 구사한 싱커에 내야 땅볼 아웃.

[오늘 윤상민 선수는 마치 3년 전의 윤상민 선수를 보는 것 같습니다. 근래는 포심과 슬라이더를 주로 사용하는 파워 피칭을 했지만 예전에는 이렇게 다양한 구종을 활용한 피네스 피칭을 했었거든요.]

[그렇습니다. 의외의 모습을 보여 주고 있는 윤상민! 하지만 그 의외

의 모습이 도미니카 공화국에 제대로 먹혀들어 가고 있습니다!]

[의표를 찌른 거죠. 오늘 경기, 제대로 준비했네요, 윤상민 선수. 훌륭합니다. 대단해요!]

당당히 마운드에서 포효한 윤상민이 불펜 쪽을 바라봤다.

'어떠냐, 이 자식아!'

그 시선을 느낀 김신이 고개를 주억거렸다.

'이번에는…… 메이저에서 볼 수 있을지도.'

김신이 기억하고 있는 미래에서.

윤상민은 2014년 메이저리그 진출을 시도했다가 마이너에서 난타당하며 수많은 조롱을 받고 한국으로 복귀했었다.

그 이유로는 여러 가지를 들 수 있겠지만, 김신은 피네스 피처에서 파워 피처로 변한 윤상민의 피칭 스타일이 가장 큰 지분을 가지고 있다고 생각했다.

KBO에서는 파워 피처로도 살아남을 수 있었겠지만, 메이저에서 살아남기에는 속구의 구위가 부족했으니까.

그래서 아쉬웠다.

차라리 피네스 피처로 남았더라면.

피네스 피칭을 '못' 하는 것도 아니고, 자신의 의지로 '안'한 탓에 다양한 구종의 기량이 하락해서 실패한다는 건 너무

아깝지 않은가.

　－선배님, 잠깐 시간 괜찮으신가요?
　－……?

　류종인 감독과 상의한 4강 토너먼트 대책과도 연관이 있었지만, 김신이 윤상민을 찾아갔던 건 그런 아쉬움의 발로이기도 했다.

　－……주제넘을 수도 있지만 팀과 선배님을 생각한 후배의 충언이라 생각하고 참고해 주시면 감사하겠습니다.
　－……간다.

　하지만 이야기를 들은 윤상민의 표정이 결코 좋아 보이지 않았기에 딱히 기대치 않았었는데.
　이런 결과가 나올 줄이야.
　"저 친구, 윤이라고? 나쁘지 않은데? 다양한 구종을 수준급으로 구사하는군."
　"흠…… 원래 저렇게 던지는 선수가 아닌 걸로 알았는데…… 다시 조사해 볼 필요가 있겠어."
　예상치 못한 윤상민의 선전은 김신뿐 아니라 AT&T 파크에 자리한 메이저리그 스카우터들도 놀라게 하기에 충분했고.

그들의 손은 노트 위를 정신없이 왕복해야 했다.

그러나 1회 말.

메이저리그 스카우터들이 손에 모터를 달 수밖에 없도록, 상황이 전개됐다.

따악―!

AT&T 파크라는 메이저리그 구장.

구름처럼 운집한 관중.

그 속에 자리한 스카우터들.

그런 환경에서, 윤상민보단 못할지라도 충분히 무시받은 대한민국 타자들의 눈앞에.

1회 초를 셧아웃시키고 더그아웃에 들어와 한마디 말없이 눈을 감은 윤상민의 기세가 전염됐으니.

쉬이 잠재우기 어려운 대화(大火)가 일어날 수밖에.

[때렸습니다! 이윤규! 이윤규! 1루에서…… 세이프! 세이프입니다! 이윤규의 멋진 플레이! 멈추지 않는 투지가 소중한 출루를 만들어 냅니다!]

헤드 퍼스트 슬라이딩을 감행하며 1루에 살아 들어간 이윤규.

따악―!

[기습 번트! 정건후의 기습 번트! 투수 잡아서 1루에…… 아웃! 아쉽게 아웃이 됩니다. 하지만 1루 주자 이윤규는 2루까지!]

1루 라인을 타고 흐르는 정교한 번트로 주자를 진루시킨 정건후.

그리고.

따악—!

[쳤습니다! 쭉쭉 뻗습니다! 좌측 담장, 좌측 담장…… 아, 넘어가지 못합니다! 좌익수 리카르도 나니타, 2루 송구!]

[이건 늦었죠. 세이프입니다.]

[세이프! 2루에 서서 들어가는 추신서! 그사이 이윤규는 홈을 밟습니다! 선취점! 대한민국이 경기 초반부터 시원하게 선취점을 뽑아냅니다!]

대한민국의 수위(首位) 타자, 추신서의 마무리가 도미니카 공화국의 1선발 에딘슨 볼케즈에게 초반부터 식은땀을 선물했다.

심지어 거기서 끝나지도 않았다.

따악—!

[우측 높이 뜹니다! 우익수 호세 바티스타가 기다리다가…… 잡아냅니다! 추신서 태그 업! 3루에서…… 세이프! 이송엽의 깔끔한 희생플라이!]

우측 깊숙한 곳으로 타구를 쏘아 낸 이송엽의 희생플라이에 이어.

따악—!

[1, 2루간! 빠집니다! 적시타! 적시타예요! 이대후의 적시타! 대한민국이 추가점을 따냅니다! 2—0!]

[대단합니다, 우리 타자들! 미국에서, 메이저리그 팬들 앞에서 KBO의 저력을 보여 주고 있습니다!]

빗겨 맞았음에도 특유의 힘으로 1, 2루 사이를 뚫어 낸 이대후의 적시타로 2-0.

세인들의 예상을 완전히 뒤엎는 대한민국의 퍼포먼스가 샌프란시스코를 울렸다.

"윤규 리? 아주 투지가 대단한데? 발도 빠르고, 콘택트도 괜찮은 거 같아."

"대후 리, 저 친구도 파워가 생각보다 더 좋아 보이는군. 발은 좀 느리지만 5번이나 6번으로 쓰면, 뭐……."

갑자기 열린 단체 쇼케이스에 메이저리그 스카우터들이 물 만난 고기처럼 활발히 움직이는 사이.

김신의 시선은 그라운드를 떠나 더그아웃으로, 그곳에 앉아 자신과 같은 표정을 짓고 있을 류종인 감독에게로 향했다.

'감독님, 어쩌면 불펜에서 내려가도 될지도 모르겠습니다.'

그러나 3회 초.

그건 너무 성급한 판단이 아니냐는 듯.

따악-!

[아앗, 큽니다! 커요! 센터 쪽! 담장을……!]

도미니카 공화국의 반격이 시작됐다.

"……."

김신은, 불펜에서 내려가지 못했다.

따악-!

도미니카 공화국, 그리고 미국.

객관적인 전력에서 앞서는 두 팀을 상대로 김신이 세운 작전은 간단했다.

　－두 경기 다 뛰겠습니다.
　－뭐?
　－단, 선발이 아닌 롱 릴리프로요.
　－……?

선발, 하루의 휴식, 그리고 다시 선발.

무쇠팔로 유명했던, 40년 동안 우승 적금을 타 먹지 못한 팀의 레전드가 보여 줬던 신화.

'못할 건 아니지만, 확신할 순 없다.'

그건 아무리 김신이라 하더라도 무리가 있었다.

도미니카 공화국과의 첫 경기야 상관없지만 미국과의 결승전에서 난타당하지 않으리라고 확신할 수 없었다.

하지만 선발이 아닌 롱 릴리프로, 최대한 체력을 아껴서 던진다면?

'어쩌면……'

해 볼 만했다.

윤상민, 장원석. 두 선발 투수를 퀵후크처럼 사용하고.

1실점이라도 하게 된다면 곧바로 본인이 등판하는 것.

그것이 김신이 생각한, 우승을 위한 유일한 수였다.

　－어떠십니까?

　－…….

물론 허점투성이인 작전이었다.

여러 조건이 갖춰져야만 두 마리 토끼를 잡을 수 있는 허술한 덫.

그러나 둘 다 잡을 가능성이 가장 높은 덫이라는 것도 맞는 이야기였다.

류종인 감독의 머릿속에 가능성이 명멸했다.

타자들이 1점을 못 따라간다?

1-0으로 영봉패한다?

그럼 어차피 우승하지 못할 운명이었다는 소리다.

김신이 선발 등판해 무실점으로 틀어막았어도, 승리를 위한 1점을 내지 못했다는 뜻이니까.

연장 혈투 끝에 상처뿐인 승리를 얻더라도 다음 미국과의 경기, 더 강력한 적수와의 싸움에 김신은 절대로 올라올 수 없다.

뒤이어 등판한 김신이 추가 실점을 하고 무너진다?

김신 이상의 카드가 없는 바에야, 그것도 어차피 패배할 운명이었으리라.

김신이 못한다고 했으면 모르되, 롱 릴리프로나마 두 경기에 다 출전한다는 의사를 표현한 상황.

류종인 감독은 고개를 끄덕였고.

그래서 경기의 시작점에서, 김신은 불펜에 서 있었다.

'관건은, 윤상민 선배가 얼마나 버텨 주느냐.'

윤상민이 어디까지 버틸 수 있느냐에 따라 많은 것이 달라졌다.

만약 윤상민이 5이닝, 6이닝을 넘게 마운드를 지킨다면 미국전에 김신이 선발로 등판하는 것도 불가능하진 않았다.

혹여 그동안 타선이 점수를 내서, 김신이 등판하지 않고 경기를 끝낼 수 있게 된다면 금상첨화였다.

반면 윤상민이 1회나 2회에 무너지고, 타선도 점수를 내지 못한다면.

미국전에서 장원석이 호투를 펼쳐 주기를 염원해야 하는, 최악의 미래가 도래할 수도 있었다.

선발로 나오든 불펜으로 나오든 김신이 오래 던질 거라고 기대하기는 어려우니까.

그렇기 때문에 김신이 한 소리 들을 걸 각오하면서까지 윤상민에게 조언을 남긴 것이었다.

물론 윤상민에 대한 김신 개인의 안타까움도 있었지만, 그만큼 윤상민의 선전이 중요했기 때문에.

그런 상황에서.

뻐엉-!

[스트라이크아웃! 윤상민 선수가 펄펄 납니다! 야구 본토에서! 미국에서! 우리가 봐 왔던 모습 그대로를 보여 주는 윤상민 선수!]

1회, 2회. 내로라하는 메이저리그 주전 타자들을 꽁꽁 묶는 윤상민의 호투와.

[타석에는 김한수. 에딘슨 볼케즈, 초구!]

따악-!

[벼락같은 스윙! 좌중간을 완벽히 가릅니다!]

[좋아요, 좋아! 그렇죠! 몰아붙여야죠!]

완전히 불붙었다는 듯 메이저리그 1선발 에딘슨 볼케즈를 몰아붙이는 타선의 집중력은 신기루 같던 우승 트로피에 현실감을 불어넣었다.

2회 말이 끝났을 때, 전광판에 표시된 스코어는 3-0.

김신이 더그아웃을 바라보며 뇌까렸다.

'감독님, 어쩌면 불펜에서 내려가도 될지도 모르겠습니다.'

하지만 3회 초. 1사 주자 없는 상황.

너무 성급한 판단이었다고 김신을 질책하듯이.

7개의 아웃카운트를 한 번의 출루도 허용치 않고 잡아냈던 윤상민이.

흔들리기 시작했다.

따악-!

[3유간…… 잡지 못합니다! 리카르도 나니타의 안타. 1사 1루가 됩니다.]

[방금은 윤상민 선수의 슬라이더가 좀 밋밋하게 들어갔어요. 오히려 장타가 나오지 않은 게 다행입니다.]

NPB에서 용병으로 활동하는 리카르도 나니타의 안타.

따악-!

[쳤습니다! 2루수 키를…… 넘깁니다! 1루 주자 2루까지. 알레한드로 데 아자의 진루타가 나옵니다. 1사 이후 이번 경기 처음으로 위기를 맞는 윤상민 선수.]

[좋지 않아요. 이제 상위 타순이거든요? 아무래도 두 번째 타석이니 위험할 수 있습니다. 집중해야 해요, 윤상민 선수.]

시카고 화이트삭스에서 뛰고 있는 저니맨, 알레한드로 데 아자의 진루타.

띠리링-!

불펜에 비치된 전화기가 울렸다.

김신이 어깨를 예열하기 위해 몸을 움직였다.

'그래, 그래도 이 정도면 최악은 아니다.'

하지만.

"다현아, 준비하자."

"예."

불펜 코치의 입에서 나온 이름은 그의 예상과 달랐고.

"……."

김신의 얼굴은 굳어지고 말았다.

'감독님…….'

　　　　　　　　　◑

피네스 피처에게 정보란 매우 중요한 요소다.

구위로 타자를 윽박질러 아웃카운트를 따내는 파워 피처보다, 어쨌든 부족한 구위로 타자를 속여 넘겨야 하는 피네스 피처는 타자의 특성을 면밀히 파악하고 있어야 하니까.

그런 측면에서 리카르도 나니타와 알레한드로 데 아자는 피네스 피칭을 펼치는 윤상민의 난적이었다.

다른 1~7번 타자에 비해 정보가 많이 없었으니까.

거기에 타순 또한 8번과 9번.

오래 던지기 위해 완급을 조절하는 선발 투수로서는 힘을 조금 빼는 게 당연하다시피 한 타순.

그 두 가지가 맞물린 결과가 바로 1사 1, 2루의 위기였다.

그러나 윤상민은 낙담하지 않았다.

이 정도 위기는 수도 없이 넘겨 본 베테랑으로서의 경험이.

이쯤은 항상 감당해 냈던 에이스로서의 자존심이, 억누르고 있던 그 자존심이.

경기 중에 고양된 감정과 억누른 데 대한 반발로 더욱 크게 고개를 들었다.

병살 하나면 끝나는 가벼운 위기가 아닌가.

마운드를 방문한 류종인 감독에게 윤상민이 단단히 말했다.

"할 수 있습니다, 감독님. 믿어 주십시오."

언제든지 위기가 도래하면 김신이 등판할 거라는 건 전달받았다.

선발투수로서 자존심이 상하지만 국가를 위해, 팀의 승리를 위해 그러겠노라 답했다.

하지만 지금은 아니었다.

위기를 자초하긴 했지만 그것이 그의 역량 전부는 아니었다.

3회 초 1사까지 퍼펙트를 기록하지 않았나.

자존심을 접고 까마득한 후배의 조언을 받아들이면서까지 만들어 낸 성과가 아닌가.

심지어 3점이라는 리드도 등에 업고 있지 않은가.

윤상민의 결기 어린 눈빛에 류종인 감독이 답했다.

"1, 2점 정도는 줘도 되니까 신중하게 승부해라."

류종인 감독 또한 그렇게 생각했으니까.

퍼펙트를 기록하던 투수를, 아직 실점조차 하지 않은 투수를 하위 타순의 연속 안타에 바로 내린다?

'그럴 순 없지.'

물론 안전장치는 필요했다.

하지만 한번 준비하면 다시는 쿨다운시킬 수 없는, 김신이라는 히든카드는 과하다고 생각했다.

그래서 선택한 선수가 바로 정다현이었다.

지난 베이징 올림픽에서 대한민국에 금메달을 선사했던, 언제든 한 이닝 정도는 믿고 맡길 수 있는 투수.

그 정도면 충분하리라.

'다현이 정도면, 최악의 경우에도 시간은 벌어 줄 수 있어.'

자신의 판단을 믿으며.

류종인 감독은 윤상민의 어깨를 두어 번 두드린 뒤 마운드를 내려갔다.

'막아 내라, 상민아.'

다음 타자를 상대로 병살을 뽑아내든가, 그게 아니라도 1실점 정도로 3회를 매조지할 수만 있다면.

그럼 굳이 불펜을 가동할 이유가 없었다.

정다현을 쿨다운하는 정도는 충분히 감내할 만했다.

더그아웃으로 들어가기 직전, 빽빽하게 들어 차 있는 관중석을 일별한 류종인 감독이 윤상민에게 소리 없는 격려를 전했다.

'저들에게 보여 줘라. 네가 누군지.'

큰 배를 조종하는 선장으로서 안전장치를 하지 않을 순 없었지만.

그 안전장치가 소용없어지기를 바라는 남자가 더그아웃의 그늘 안으로 사라졌다.

그러나 류종인 감독의 기대와는 달리.

따악—!

[아앗, 큽니다! 커요! 센터 쪽! 담장을……!]

콰앙—

[다행입니다! 담장을 넘지 못합니다! 펜스를 직격하는 타구! 중견수 이윤규 잡아서 2루로! 2루에서…… 아, 세이프입니다. 호세 레예스의 2타점 적시타. 도미니카 공화국이 3-2로 따라붙습니다. 1사 주자 2루.]

별들의 전장이라는 메이저리그에서도 주전을 꿰차고 있는 도미니카 공화국의 리드오프에게.

'흥, 교체를 했어야지.'

2년 동안 파워 피처였던 윤상민의 피네스 피칭을 공략하는 데 필요한 시간은 한 번의 타석이면 족했고.

[다시 더그아웃을 박차고 나오는 류종인 감독. 윤상민 선수에게서 공을 건네받습니다. 투수 교체!]

[조금 빠르긴 하지만…… 경기가 경기이니만큼 괜찮은 선택입니다. 더 이상 분위기를 내주면 안 돼요.]

[다음 투수는…… 정다현! 정다현 선수가 마운드를 이어받습니다!]

부랴부랴 올린 안전장치는.

뻐엉-!

[볼넷. 정다현 선수가 에릭 아이바에게 볼넷을 허용합니다. 다시 1사 1, 2루. 위기가 계속됩니다.]

[아, 좋지 않은데요. 삼진으로 잡아 줬어야 하는 주자가 볼넷으로 나가 버렸습니다.]

조금씩, 삐걱거리더니.

[1사 1, 2루 상황. 원 스트라이크 원 볼. 3구째!]

따악-!

[어어! 우측! 우익수 따라갑니다, 따라갑니다! 아아…… 우측에 안타가 됩니다. 2루 주자 홈으로……]

결국 김신이 걱정하던 상황을 초래하고 말았다.

다만 그럼에도 그나마 다행인 것은.

[우익수 추신서 홈으로 송구! 홈에서…… 판정 어떻게 되나요! 판정 어떻게 되나요! 주심…… 아웃! 주먹을 들어 올립니다! 아웃입니다! 추신서 선수가 대한민국을 구해 냅니다!]

[추신서 선수가 큰 걸 해냈네요! 이건 1점 이상입니다!]

양키스와 대한민국의 우측 외야를 책임지는 강견이 파국만큼은 어떻게든 막아 줬다는 것.

주르륵-.

등을 타고 흐르는 선명한 식은땀조차 느끼지 못한 채.

류종인 감독은 후회로 입술을 짓씹었다.

'젠장……'

그리고 완전히 늦어 버리지 않도록.

뒤늦게나마, 그가 10분 전에 했어야 할 일을 했다.

[류종인 감독, 다시 마운드로 올라갑니다.]

3회에만 벌써 세 번째 마운드를 방문하는 적팀 감독의 모습에 타석에 들어서려던 호세 바티스타가 피식 웃었다.

'또 교체인가?'

이해는 갔다.

지금이 바로 이번 경기의 승패를 가를 수도 있는 승부처였으니까.

'그러면 다음 투수는 누가 되려나……'

전력 분석팀이 제공한 상대 팀 투수들의 정보를 복기하던 토론토 블루제이스와 도미니카 공화국의 4번 타자가 방망이를 거세게 움켜쥐었다.

'누가 올라와도 상관은 없지. 어차피 누구든지 간에 두들겨 줄 테니까.'

호세 바티스타는 그렇게 생각했지만.

바로 다음 순간, 그 생각은 호세 바티스타의 뇌리에서 흔적도 없이 사라지고 말았다.

[어엇?]

저 멀리 불펜 문 앞에, 그가 생각하지 못했던 남자의 모습이 보였다.

'뭐······?'

그를 수없이 좌절케 했던 괴물의 모습이.

[김신 선수개! 김신 선수가 등판합니다!]

한없이 치솟던 도미니카 공화국의 승률이 바닥으로 처박히는 순간이었다.

꽈악-!

등장만으로도 경기장을 전율케 하는 남자가 공을 잡았다.

"시작해 볼까?"

중요할 때 한 방이면 이기는 게 타자다

소 잃고 외양간 고친다는 말이 있다.

문제를 알고도 손 놓고 있다가 문제가 터진 후에야 수습하려 한다는 뜻.

그런 우(愚)를 범한 외양간지기를 꼬집는 소리이며.

소를 잃기 전에 반드시 외양간을 고쳐야 한다는 교훈이 담겨 있는 속담이다.

3-2.

아직 승리하기에 충분한 리드가 대한민국에 부여돼 있던 3회 초 2아웃.

아직 소가 떠나지 않은 외양간을 고치기 위해.

김신이 마운드에 올랐다.

[김신 선수가! 김신 선수가 등판합니다!]

[총력전이네요. 류종인 감독이 최후의 수를 빼 들었습니다. 좋은 판단입니다. 오늘의 패배는 곧 탈락 아닙니까? 3, 4위전이 있긴 합니다만 우승은 날아가죠. 충분히 내릴 수 있는 결단입니다.]

총력전(總力戰).

모레 등판시키려 했던 선발 투수를 당겨쓰면서까지 오늘의 승리를 쟁취하겠다는 의지의 표명이었다.

－ㄷㄷ; 갓김 등장;;

－도미니카 조졌죠? 놀랐죠? 이제 끝났죠?

－너무 성급한 결단 아님? 이러면 결승전은 어떻게 하려고……

└지면 끝인데 결승전이고 나발이고 지금 그게 중요함? 다 쏟아부어야지.

└아직 지고 있는 것도 아니잖아. 다른 투수도 많이 남았는데.

└빠가냐? 그러다 박살 나면 그때 가서 김신 내도 방법이 없지.

걱정은 돼도, 일단은 고비를 넘겼다는 듯 안도의 한숨을 불어 내쉬는 한국 팬들과 달리.

"……."

곧 타석에 설 호세 바티스타를 위시한 도미니카 공화국 관계자들은 표정을 굳힐 수밖에 없었다.

혼신의 힘을 다해 명경기를 펼친 뒤, 모든 힘을 소모하여 거짓말같이 결승에서 허무히 패배한다.

일본의 모 농구 만화에서 임팩트 있게 등장한 스토리지만, 실제로도 왕왕 있는 일이다.

그런데 여기서 가장 큰 피해자는 누구일까?

어쨌든 결승까지 올라간 팀, 아름다운 스토리라며 세간의 주목을 받을 팀은 당연히 아니고.

결승에서 승리하여 결국 트로피를 거머쥔 팀은 더더욱 아니다.

바로 혈전을 벌이고도 탈락한 팀.

충분한 역량이 있었음에도 스토리의 주역이 되지 못하고 무대 밖으로 떨어져 나간 팀.

지금 상황에서는, 도미니카 공화국이었다.

꽈악-!

하지만 호세 바티스타가 누구인가.

2010년에서 2015년까지 메이저리그에서 가장 많은 홈런을 때려 냈던 타자.

김신을 두들기는 장면을 충분히 상상할 수 있는 스타가 아닌가.

호세 바티스타가 희망을 바라봤다.

'갑작스러운 등판이다. 절대로 컨디션이 정상일 리 없어.'

본디 내일모레, 미국과의 경기를 위해 컨디션을 조절하고 있었을 터.

아무리 김신이라도 갑작스러운 등판의 악영향이 없을 수
는 없다고.

호세 바티스타는 그리 생각하며 진부하지만 확실한 한 가
지 카드를 머릿속에 그렸다.

'초구.'

　바뀐 투수의 초구를 노려라.

긴 메이저리그 역사 동안 살아남아 스스로가 맞다는 것을
증명한 금언(金言).

그리고 구종은.

'포심.'

저 '포심성애자'가 2012 메이저리그 구종 가치 1위를 기록
한 자신의 주 무기를 외면할 리 없었다.

스윽―.

안도하는 한국 팬들과 결과가 결정된 양 배당률을 조정한
도박사들, 김신만을 바라보고 있는 AT&T 파크의 팬들 앞
에서.

그들이 잘못됐다 외칠 남자가 자세를 잡았다.

하지만 그의 판단은 맞았으되, 맞지 않았다.

[김신 선수, 우완 투구를 준비합니다. 긴장되는 순간…… 투수 와인드
업!]

포심은 포심이지만 평범한 포심과는 다른 포심.

김신의 우완 언더핸드 포심 패스트볼이 홈플레이트를 향해 날았다.

그러나 호세 바티스타는 당황하지 않았다.

김신의 우완 피칭 또한 '플랜 B'라는 이름으로 그의 예상안에 있었으니까.

'상관없다.'

어차피 우타자인 호세 바티스타였다.

즉, 김신의 우완 언더핸드 피칭을 겪어 봤다는 말.

부우웅-!

익히 겪어 봤던 궤적대로, 그의 방망이가 힘차게 돌았다.

그 결과는.

뻐엉-!

"스트라이크!"

헛스윙.

공이 이미 지나간 후 방망이가 휘둘린, 타이밍이 맞지 않은 헛스윙이었다.

콱-!

'젠장!'

아까운 기회를 놓쳤다며 애꿎은 땅바닥을 괴롭히는 호세 바티스타의 모습을 보며 김신이 슬쩍 웃었다.

'그렇게 바로 적응할 수 있을 리가 없지.'

호세 바티스타의 판단대로 김신은 정상 컨디션이라기엔 조금 모자랐다.

오늘의 등판을 준비하지 않아서가 아니라, 불펜에서 충분한 예열 시간을 가지지 못하고 등판했기 때문에 생긴 작은 문제.

물론 이번 이닝, 한 개의 아웃카운트만 잡으면 해결될 문제였지만 어쨌든 문제는 문제였다.

하지만 인생사 새옹지마라 했던가.

그 예열 시간을 단축시켰던 정다현의 등판 덕에, 김신은 호세 바티스타를 상대로 조금은 쉬운 승부를 가져갈 수 있었다.

'우완 언더핸드가 흔한 게 아니거든.'

우완 언더핸드 투수는 드물다.

그런데 우연히도 그 우완 언더핸드 투수의 공을 연속으로 보게 됐다.

그렇다면 과연 방금 전까지 마운드에 서 있던 정다현의 궤적이, 김신의 것보다는 시속 20km 가까이 느린 그 궤적이 호세 바티스타의 머릿속에서 순식간에 사라졌을까?

절대 그럴 수가 없었다.

김신이 일부러 불펜에서만 던지고, 실제 연습 투구에서는 우완 언더핸드를 한 번도 보여 주지 않은 것은 바로 그 부적응을 노린 수였다.

호세 바티스타의 스윙에서 자신의 수가 먹혔다는 것을 확인한 김신이 한 번 더 호세 바티스타를 시험했다.

[김신 선수, 제2구!]

결과는.

따악-!

[1루 쪽…… 파울입니다. 관중석 안으로 들어갔네요.]

파울. 다른 말로 하면 스트라이크.

하지만 명백히 초구보다는 나은 스윙.

김신의 고개가 저어졌다.

'역시 이름값은 하는군.'

별들의 전장인 메이저리그에서도 찬란히 빛나는 재능이, 2구 만에 타이밍을 맞춰 가고 있었다.

그럼에도 김신은 망설이지 않았다.

"흐읍-!"

이제 준비가 끝났다며 건방지게 포식자의 눈빛을 보내오는 피식자에게.

김신의 대답이 떨어져 내렸다.

쐐액-!

투수의 손에서 떠난 그 공의 특징을 확인한 호세 바티스타의 눈이 크게 떠졌다.

오늘 바짝 서 있는 컨디션 덕에 확인할 수 있었던 네 개의 솔기.

포심이었다.

'포심?'

내심 슬라이더를 생각하고 있었다.

아니, 명백히 슬라이더 타이밍이었다.

또는 많이 봐 줘서 업숏 정도.

포심은 벌써 두 번이나 던졌고, 2구째 승부에서 호세 바티스타 자신이 타이밍을 거의 다 조정했다는 걸 봤을 테니까.

그런데도 포심을 던진다는 건, 그를 너무 무시한 처사였다.

'건방진 놈!'

호세 바티스타의 손아귀에 거력이 집중됐다.

확신으로 가득 찬 방망이가 바람을 갈랐다.

부우웅—!

바람만.

뻐엉—!

"스트라이크아웃!"

심판의 입에서 결과가 나온 순간.

호세 바티스타는 멍한 표정으로 방망이와 포수 미트를, 그리고 그럴 줄 알았다는 듯 벌써 몸을 돌려 더그아웃으로 들어가고 있는 투수의 등을 바라봐야만 했다.

'이건……?'

차라리 초구 때 타이밍이었다면 클린 히트를 때려 냈을 느린 공.

그게 의미하는 건 간단했다.

오프스피드 피치.

방금 던진 공이 지금까지 김신이 보여 주지 않았던 무언가라는 소리였다.

그 시선을 느끼며, 김신이 뇌까렸다.

'결승전에서 보여 주려고 했는데…… 뭐, 어쩔 수 없지.'

겨우내 완성한 두 번째 신무기의 초연(初演)이었다.

[스윙 스트라이크아웃! 김신 선수가 등판하자마자 삼진으로 2사 3루의 위기를 탈출해 냅니다!]

3구 삼진으로 3회 초를 마무리한 김신.

이상함 느낀 건 호세 바티스타만이 아니었다.

[시속 145km…… 이거, 아무래도 이상한데요.]

[예? 이상하다뇨?]

[마침 느린 화면이 나오네요. 다시 보시죠.]

느린 화면으로 재구성된 김신과 호세 바티스타의 3구째 승부.

그걸 확인한 해설 위원의 입에서 정답이 도출됐다.

[체, 체인지업입니다! 이건 확실히 체인지업이에요! 김신 선수가 신무

기를 가지고 나왔습니다! 작년에는 한 번도 던지지 않았던 구종이에요!]

[허어······.]

[원래 좌완 체인지업은 던졌지만, 우완 체인지업은 못 던졌죠! 김신 선수가 한 단계 더 발전했습니다! 무시무시하네요! 사실 체인지업은 오히려 좌완 정통파 투수보다 우완 언더핸드 투수한테 더 큰 힘이 되는 구종이거든요!]

[대단하군요, 김신 선수. 정점에 이르렀음에도 끊임없이 발전을 추구한다는 소리가 아닙니까?]

[그렇죠! 이 경기를 지켜보고 있었을 메이저리그 관계자들 발등에 불이 떨어졌을 겁니다! '아니, 이게 무슨 일이야. 여기서 또 뭐가 더 있다고?'하고요!]

[자, 자, 그것보다 궁금해하는 팬들을 위해 왜 우완 체인지업이 더 특별한 의미가 있는지 설명해 주시겠습니까?]

[물론이죠! 언더핸드로스로 자체가······.]

해설 위원의 설명이 진행되기도 전에, 느린 화면으로 김신의 구종을 확인하자마자 작성하기 시작한 야잘알 시청자의 채팅이 먼저 올라왔다.

　–자, 야알못 너희들을 위해 형이 설명해 준다. 잘 들어. 일단 언더핸드로스는 한계가 뚜렷한 투구 폼이야. 왜냐? 반대 손 타자들한테 궤적을 읽히기 쉽거든. 그래서 김신도 우완 타자들한테만 주로 사용한 거고. 그럼 여기서 문제, 그렇다면 반대 손 타자들한테 기가

막히게 먹힐 구종이 없을까?

─당연히 있지. 그게 바로 역방향으로 휘어지는 공. 싱커나 서클 체인지업이야. 그중에서도 오프스피드 피치로도 활용 가능한 서클 체인지업이 제일이지. 지금 김신은 그걸 구사한 거고.

─그러니까 결론은 뭐다? 김신은 이제 좌타자한테도 충분히 우완으로 승부를 걸 수 있다. 유일하게 스위치히터를 기용해서 노려 볼 만하던 약점도 사라졌다.

└신무기 등장 타이밍 실화냐. 오져 버렸자너~.

물론 김신이 우완 언더핸드로 좌타자를 상대하지 않았던 건 그러지 못해서가 아니었다.

우완 언더핸드스로만으로도 충분히 사이 영을 수상할 만한 역량이 그에게는 있었으니까.

다만 좌완으로 상대하는 게 훨씬 쉬운데 굳이 우완으로 어려운 길을 갈 필요가 없었을 뿐이다.

하지만 그렇다고 시청자와 해설 위원의 분석이 틀렸다는 말은 아니었다.

그의 과거를 알지 못하는 상황에서 할 수 있는 가장 적절한 분석이었으며, 그가 발전한 것도 부정할 수 없는 사실이었으니까.

김신의 상념이 그를 한층 발전하게 해 준 교수님에게로 향했다.

'잘 보고 계십니까?'

그렉 매덕스.

포심과 프리즈비 슬라이더, 업숏만으로도 능히 한 시대를 풍미했을 우완 언더핸드 투수에게 체인지업을 장착할 수 있는 기회를 열어 준 은인.

그리고 곧 만나게 될 적 팀의 사령탑.

"징그러운 놈, 신무기가 이거였냐."

김신의 우완 체인지업을 확인하고, 질렸다는 듯 고개를 젓고 있는.

"그래도…… 결승전에서 볼 일은 없겠군."

제자와의 부담스러운 만남이 성사되지 않았다는 것에 내심 안도의 한숨을 내쉬고 있는 스승에게.

그의 평범한 예상을 깨부술 비범한 투수의 텔레파시가 발송됐다.

'곧 뵙겠습니다.'

닿을 일 없는 그 텔레파시에 문득 그렉 매덕스가 몸을 떨었다.

부르르-.

"뭐야, 갑자기 웬 오한이……."

그 불길한 떨림을 뒤로한 채.

뻐엉-!

경기가 계속됐다.

[스트라이크아웃! 김신 선수의 압도적인 피칭에 도미니카 공화국 타자들이 맥을 못 추고 있습니다!]

로빈슨 카노, 넬슨 크루즈.

원 역사, 도미니카 공화국의 2013 WBC 우승을 이끌었던 주역들.

하지만 현재, 그 둘은 AT&T 파크가 아닌 각자 자택에서 경기를 지켜보고 있는 처지였다.

그 둘의 공통점 때문이었다.

바로 금지 약물 복용.

프란시스코 서벨리가 제 주제도 모르고 김신의 퍼포먼스에 의혹을 제기하면서 1년 일찍 촉발된 바이오 제네시스 스캔들.

그 거대한 게이트로 인해 출장 정지를 당했던 것.

하지만 도미니카 공화국은 약해지지 않았다.

아니, 오히려 더 강해졌다.

본디 부상으로 이탈해야 했을 호세 바티스타가 건재했고, 인성은 개나 줘 버린 약쟁이들 대신 아드리안 벨트레가 새로 합류하면서 오히려 팀워크가 더욱 끈끈해진 덕이었다.

그럼에도 도미니카 공화국은 웃을 수가 없었다.

뻐엉-!

그들이 강해진 것보다 한국이 더욱 강해졌으니까.

본선 1라운드에서 네덜란드에 패하며 충격적인 탈락을 경험했을 대한민국을 전승으로 4강전까지 배달한 사나이.

정점에 이르렀음에도 발전을 멈추지 않고 새로운 무기를 장착해 낸 남자가 모는 잠수함이 연신 도미니카 공화국을 폭격했다.

뻐엉-!

[스트라이크아웃! 김신 선수의 압도적인 피칭에 도미니카 공화국 타자들이 맥을 못 추고 있습니다!]

4회, 5회, 6회.

부족했던 예열은 경기 중에 채워지고.

도미니카 공화국은 더 이상의 점수를 생산해 낼 수 없었다.

물론 사정은 한국도 마찬가지였다.

뻐엉-!

[헛스윙! 강민훈 선수가 기회를 살리지 못합니다!]

에이스의 역효과라는 게 있다.

보통 에이스의 출전은 이번 경기만큼은 이겨 보자는 의욕을 불러일으키기도 하지만, 반대로 '쟤가 나왔으니 오늘은 어떻게든 되겠지' 하고 긴장이 풀려 버리기도 하는 법.

선발투수 윤상민과 감독 류종인을 제외하면 그 누구도 기대하지 못했던 김신의 출전이 그 에이스의 역효과를 일으킨 데다.

[오늘 도미니카 공화국의 토니 페냐 감독이 투수 교체를 한두 박자 이른 타이밍에 가져가고 있습니다.]

[저쪽도 총력전 아니겠습니까?]

[뭐, 그렇죠. 문제는 우리 타자들이 그 이른 투수 교체에 적응하지 못하고 있다는 겁니다.]

옥타비오 도텔, 페드로 스트롭, 산티아고 카시야 등 탄탄한 도미니카 공화국의 불펜 투수들이 벌떼처럼 일어나 필사적인 피칭을 펼친 결과였다.

3-2. 한 점 차.

어떤 팀에겐 넘을 수 없는 천애 절벽처럼 느껴지고.

어떤 팀에겐 뚫리지 않을 단단한 성벽처럼 느껴지는 그 리드가 계속됐다.

뻐엉-!

🏐

사건은 9회 초에 발생했다.

문제는 긴장이었다.

과하면 신체를 굳게 해 실수를 유발하지만.

너무 부족해도 몸을 느슨하게 만들어 실수를 유발하는.

프로 선수라면 항상 적당량 유지해야 하는 그 긴장.

따악-!

[높이 뜹니다! 중견수 이윤규, 기다리다가…… 잡아냅니다! 원아웃! 8번 타자 리카르도 나니타를 중견수 플라이로 돌려세우는 김신 선수! 이제 남은 아웃 카운트는 두 개! 대한민국의 결승 진출이 눈앞으로 다가왔습니다!]

9회 초, 1아웃.

아웃 카운트 두 개만 더 잡으면 경기가 끝나는 상황.

마운드에는 더 이상 든든할 수 없는 김신이라는 철벽.

[다음 타자는 알레한드로 데 아자. 오늘 윤상민 선수를 상대로 2루수 키를 넘기는 안타를 때려 냈고, 호세 레예스 선수의 적시타로 홈을 밟은 바 있습니다만. 김신 선수를 상대로는 아직 안타가 없습니다.]

승리의 목전에 이르러, 92번이라는 믿음직한 등 번호를 바라보고 있던 2루수 정건후의 긴장이 살짝.

[김신 선수, 와인드업!]

아주 살짝 더 풀어졌다.

따악-!

[쳤습니다! 2루수 정건후……!]

그리고 운명처럼, 9번 타자 알레한드로 데 아자의 타구가 정건후에게 당도했다.

"으읏-!"

차라리 9회 초 2아웃이었다면 괜찮았을 것이다.

승리에 고작 한 걸음 남았더라면, 정건후 스스로가 정신을 다잡았을 테니까.

또한 타구 속도가 느리거나, 일찌감치 바운드를 일으키는 타구였다면 좋았을 것이다.

밥 먹듯이 처리하는 그런 타구였더라면, 아무리 정건후가 긴장을 풀고 있었어도 몸이 스스로 움직여 가볍게 처리했을 테니까.

하지만 둘 다 아니었다.

강습 타구.

정신 줄을 놓고 있을 때 가장 대응하기 어려운 타구가 정건후의 반응을 뛰어넘었다.

뻐억-!

한 발짝.

홈을 향해 내디뎠던 정말 사소한 한 발짝이 공을 그라운드가 아니라, 정건후의 발목으로 인도했다.

"크윽!"

격렬하게 피어나는 고통을 참으며 정건후는 일단 공을 2루로 던졌다.

뻐엉-!

그리고, 쓰러졌다.

[저, 정건후 선수가 강한 타구에 몸을 맞고 쓰러졌습니다! 크게 고통스러워하는 정건후 선수!]

[빨리 경기 끊어야 돼요!]

해설 위원의 절규를 들은 것인지 찰나지간에 중단된 경기.

들것을 든 트레이너와 코치들이 나는 듯이 달려오는 사이 느린 화면이 재생됐다.

[이거…….]

[안 좋네요. 발목에 맞았는데요…….]

느린 화면이 나간 이후 다시 비춰진 그라운드.

정건후의 손이 코치의 바짓단을 안타깝게 그러쥐는 모습이 생중계됐다.

[아…… 많이 고통스러워합니다, 정건후 선수.]

"오우……!"

그러나 해설 위원과 관중들이 한마음 한뜻으로 안타까움을 표현할 찰나.

안타까운 일이었지만, 냉혹하게 다음을 봐야 하는 사람이 있었다.

"으음……."

선수 기용을 책임지는 더그아웃의 주인.

대한민국 대표 팀을 지휘하는 류종인 감독이었다.

그의 두뇌가 두 사람의 이름을 건드렸다.

'종호 아니면 성수인데…….'

강종호. 그리고 감성수.

KBO에선 이미 나이를 떠나 최고라 평가받을 정도의 기량을 뽐내고 있는 젊은 내야수들.

문제는 둘 다 전문 2루 자원이 아니라는 것이었지만.

'어쩔 수 없지.'

없는 전문 2루수를 한국에서 데리고 올 수도 없는 노릇이었다.

[큰 부상이 아니었으면 좋겠습니다, 정건후 선수.]

[그렇습니다. 이번 대회에선 더 못 나오더라도, 곧 시작할 시즌에는 지장이 없었으면 좋겠는데요.]

[그렇게 되기를 시청자분들이 함께 기도해 주실 겁니다.]

들것에 실려 나오는 정건후를 일별한 류종인 감독이 결단을 내렸다.

"종호 올려."

"예."

성인 대표팀이 처음인 감성수보다는 좀 더 나이가 많고 경험이 있는 강종호를 선택한 류종인 감독.

"종호야!"

그 선택 자체는 틀렸다고 하기 어려웠다.

하지만 그 선택이 야기한 또 하나의 판단이 문제였다.

"형이 도와줄 테니까 너무 긴장하지 말고. 평소처럼 해, 평소처럼."

"예, 선배님."

갑작스럽게 출전해 익숙지 않은 2루수 자리를 맡게 된 강종호를 커버하기 위해.

베테랑 유격수 손세헌이 아주 조금.

정확히는 두 발짝 정도를 2루 쪽으로 치우친 것.

그게 또 다른 사건의 시작이었다.

[경기 속행합니다. 1사 주자 1루. 마운드는 여전히 김신 선수가 지킵니다.]

[그동안 도미니카에선 대주자를 기용했어요. 어떻게든 동점을 만들어 보겠다는 뜻입니다.]

[그렇습니다. 그걸 우리 선수들도 잘 알겠죠. 김신 선수가 잘 막아 내 줄 거라고…… 말씀드리는 순간, 김신 선수 초구!]

1번 타자 호세 레예스의 허를 찌르고, 병살로 경기를 끝내기 위해 구사한 김신의 초구. 서클 체인지업.

그 체인지업은 분명 제대로 먹혀 들어갔다.

따악-!

타구 속도가 좀 빠르긴 했지만, 내야를 벗어나기도 전에 이미 그라운드와 한번 맞닿은 땅볼 타구.

[3유간……!]

하지만 손세헌의 두 발짝이.

그 공을 충분히 처리할 수 있는 타구에서 절대로 잡지 못할 타구로 탈바꿈시켰다.

"크읏!".

빠르게 타구를 판단하고 몸을 날렸음에도 한 치 차이로 닿지 못하는 글러브.

슬로모션처럼 천천히 눈앞을 스쳐 지나가는 공에, 손세헌은 뒤늦게 방금의 선택을 후회했으나.

이미 상황은 그의 손을 떠난 지 오래였다.

[관통……합니다. 호세 레예스의 안타. 주자 2루 돌아 3루로……]

3유간.

3루수와 유격수 사이를 관통한 그 평범한 땅볼이 파울 지역 안으로 처박히고.

토니 페냐 감독이 고르고 고른, 야구 선수보다 육상 선수에 더 어울리는 대주자의 번개 같은 발놀림이 다이아몬드를 가로질렀다.

[홈으로! 홈으로 쇄도합니다!]

지난 3회 초와 비슷한 상황.

그때와 다른 건 하나.

어깨였다.

좌측 외야를 책임지는 김한수의 어깨는, 추신서의 어깨만큼 강력하지 못했다.

그 부족함이 홈에서의 접전을 만들어 냈다.

뻐엉-!

[판정! 판정 어떻게 되나요!]

모두가 숨 죽인 시간이 지나간 뒤.

"세이프-!"

주심의 양팔이 좌우로 펼쳐졌다.

[아아……]

3-3.

9회 초, 경기가 원점으로 돌아왔다.

[호세 레예스 선수의 적시타로 도미니카 공화국이 득점하면서, 3-3 동점이 됩니다.]

[괜찮습니다. 선수들. 괜찮습니다. 이제 겨우 처음으로 돌아온 거예요. 일단 이번 이닝을 잘 막고, 다음 이닝에서 한 점만 내면 됩니다. 할 수 있습니다.]

홈 접전의 흙먼지가 가라앉은 그라운드.

해설진과 팬들은 괜찮다며 다시금 힘찬 응원을 보냈지만.

김신은 스스로를 자책했다.

'내 잘못이다. 내가…… 삼진을 잡았어야 했는데.'

안이했다.

이번 경기 처음으로 선을 보인 우완 서클 체인지업이 너무 잘 먹혀 들어가서.

그래서 안이한 판단을 했다.

지금 그가 뛰고 있는 팀은 악의 제국, 뉴욕 양키스가 아니었는데.

유격수는 데릭 지터가 아니었으며, 2루수는 매니 마차도가 아니었고, 좌익수는 브렛 가드너가 아니었는데.

꽈아악-!

새로운 공을 쥔 김신의 손에 힘이 들어갔다.

지금의 팀원들을 믿지 못하겠다는 것과는 결이 조금 달랐다.

그들도 믿지만, 그들보다 자신을 더 믿는다.

자책(自責) 뒤에 자신(自信)을 세운 남자가 타깃을 직시했다.

[타석에 2번 타자 에릭 아이바 선수가 들어섭니다.]

[김신 선수가 여기서 분위기를 끊어 줬으면 좋겠습니다.]

오늘 잠시 동안 오른손에 주전 자리를 양보하던 왼손이 제자리를 찾았다.

뻐엉-!

"스트라이크!"

[165! 9회 초에 시속 165km가 찍힙니다!]

아니, 제자리를 찾은 것뿐만이 아니었다.

자기도 뭐 달라진 것 없냐며, 도미니카 공화국 타자들을 괴롭혔다.

부우웅-!

"스트라이크!"

[헛스윙! 김신 선수의 커브가 기가 막히게 들어갑니다!]

뻐엉-!

"스트라이크아웃!"

[아래쪽에 절묘하게 걸칩니다! 삼진! 분위기를 반전시키는 김신 선수의 삼진입니다!]

일찌감치 탈락해 스프링캠프에 합류한 미겔 카브레라가 봤더라면, PTSD를 일으킬 법한 장면이 AT&T 파크에서 펼쳐졌다.

"또 뭐가 더 있었어?"

경기를 지켜보던 그렉 매덕스의 입이 더 이상 벌어질 수 없을 만큼 벌어지고.

그 입에서 해설 위원이 시연했던 대사가 흘러나옴과 동시에.

뻐엉-!

"스트라이크!"

포심 패스트볼의 라이징 조절과 우완 언더핸드 서클 체인지업에 이은 김신의 마지막 성과.

뻐엉-!

동일한 투구 폼에서 쏟아지는 각기 다른 커브들이 그라운드를 메웠다.

'나도 이제 총력전이다.'

경기가 마지막으로 향했다.

뻐엉-!

WBC의 룰은 일반적인 프로야구 리그와 상이하다.

더블 엘리미네이션 방식의 1, 2라운드도 그렇지만 사실은 몇 가지 다른 부분이 더 있다.

그중 하나가 투구수 제한이다.

시즌 시작을 앞두고 열리는 경기인 만큼 투수의 어깨를 보호하기 위한 조치.

1라운드에서는 한 투수당 65개, 2라운드에서는 80개, 4강 토너먼트에서는 95개밖에 던질 수 없다.

한번 등판해 50개 이상의 공을 던진 투수는 4일간 다시 등판할 수 없고, 30~49개 사이로 던졌다 해도 하루를 반드시 쉬어야 하며, 30개 이하로 던진 불펜 투수라도 이틀 연속 등판한 경우엔 하루 휴식을 꼭 가져야만 한다.

그래야만 했'었'다.

"말도 안 되는 룰이었지. 안 그래?"

9회 초를 마무리하고 내려가는 김신의 등을 바라보며, WBC의 룰을 관장하는 메이저리그 커미셔너 버드 셀릭이.

원 역사와 달리 투구수 제한을 철폐하고 속 시원하게 박장 대소했던 남자가 이죽였다.

"무슨 애들도 아니고 말이야. 국기(國旗)를 달고 싸우는데 투구 수 제한이 뭐야, 투구 수 제한이. 그랬으면 이런 장면이

나왔겠어? 킴이 활약할 수 있었겠냐고."

어떻게 보면 김신과 대한민국 대표팀을 가장 많이 도와준 남자의 주절거림에 오늘도 상사에게 끌려와 사무실에서 경기를 보게 된 불쌍한 부하 직원이 답했다.

"그야 구단들이 비협조적이었으니 어쩔 수 없었잖습니까."

정답이었다.

팬에게 야구는 오락이고, 선수에게 야구는 밥벌이 수단이듯.

구단에게 야구는 비즈니스다.

비즈니스에서 딱히 성과도 기대되지 않는데 역량을 투입할 리가 있겠는가.

심지어 소중한 상품에 기스가 날 수도 있는데.

그래서 2006년 WBC가 출범할 때부터, 구단들은 차출될 선수들의 보호에 열심이었다.

미국 본토에서 WBC가 그다지 큰 화제 몰이를 하지 못한 탓이다.

비협조적이라는 단어 하나로 긴 설명을 축약한 롭 맨프레드의 답안에 버드 셀릭이 한층 열을 냈다.

"한 치 앞밖에 못 보면서 제 밥그릇 챙기기에만 혈안이 돼 있는 머저리들! 이제 시대가 변했다는 걸 왜 몰라! 세계로 나가야 돼, 세계로!"

아무리 미국이 넓고 부유하다고 해도 세계에 비한다면 한정적인 건 당연지사.

정해진 파이를 두고 싸우기보단 파이 자체를 키우자는 데에도 비협조적인 태도를 보인 바보들의 얼굴이 생각난 버드 셀릭이 씩씩댔다.

'저 성질머리하고는…….'

속으로 한숨을 내쉬는 롭 맨프레드.

하지만 그가 버드 셀릭이 그의 상사인 이상 그의 평화로운 직장 생활과 오늘의 빠른 휴식을 위해서는 그를 달래 줘야만 했다.

"그래도 이제라도 조금씩 협조를 하고 있지 않습니까? 이번 대회만 성공리에 마무리되면, 앞으로 더 많은 걸 할 수 있을 겁니다."

밝은 미래로 화제를 돌리는 롭 맨프레드의 대화 스킬에 빠르게 끓는 만큼 빠르게 가라앉는 다혈질, 버드 셀릭이 조금씩 안정됐다.

"후우…… 그래. 이제부터가 중요하지. 엉덩이 무거운 구단 놈들이 움직이기 시작했으니까. 그놈들이 또 욕심은 그득해서 이번 대회 효과를 한번 맛보면 쉽게 발을 빼진 않을 거야."

"맞습니다."

롭 맨프레드의 맞장구에 고개를 주억거린 버드 셀릭의 시선이 다시 브라운관으로.

방금 전까지 그곳을 자신의 영역인 양 독차지하던 남자에게로 향했다.

"킴. 저 친구가 참 복덩이야, 복덩이."

김신의 이름을 입에 담는 버드 셀릭의 입가에 자동적으로 미소가 떠올랐다.

비협조적이었던 구단들의 협조를 끌어낼 수 있었던 이유.

투구수 제한을 철폐할 수 있었던 이유.

더 큰 화제를 모으고, 더 밝은 미래를 바라볼 수 있게 된 이유.

그건 바로 김신 덕분이었으니까.

"데뷔 때부터 아주 도움이 안 되는 일이 없구먼."

구단에 야구는 비즈니스다.

큰 이득이 예상된다면 누구보다 먼저 뛰어드는 게 당연하다.

무결점 시즌을 달성하며 신드롬을 불러일으킨 김신이 참가하고.

그를 따라 내로라하는 스타들이 참전하고.

심지어 한국과 미국이 전승을 거두며 승승장구까지 하고 있으니.

불어난 팬들의 관심만큼이나 구단들의 몸이 달을 수밖에.

'이왕이면 결승까지 올라와서 조금만 더 던져 다오.'

9회 말, 이제는 다른 사람이 서 있지만 아직도 선연히 떠오르는 김신의 모습과.

'그리고 미국의 최초 전승 우승을 위한 제물이 되어라.'

그를 위해 준비해 둔 어떤 트로피를 떠올리며.

'내 너에게 선물을 줄 터이니.'

버드 셀릭이 미소 지었다.

☯

9회 말.

동점을 이루고 연장을 바라볼 수 있게 된 도미니카공화국의 마운드에 오른 것은 그들이 자랑하는 2012 시즌 메이저리그 최고의 마무리 투수.

8회 말부터 대한민국 타선을 꽁꽁 틀어막고 도미니카공화국의 희망을 지키던 남자.

페르난도 로드니였다.

뻐엉-!

90마일 중후반의 포심 패스트볼과 메이저리그 수위 타자들을 수도 없이 돌려세운 80마일대의 체인지업이 연신 미트를 공략했다.

[아, 배트 돌았습니다. 헛스윙. 헛스윙 삼진으로 물러나는 김한수 선수입니다.]

[페르난도 로드니 선수의 공이 좋아요. 오늘 컨디션이 아주 좋아 보입

니다.]

본디 2012년의 성적은 말도 안 되는 플루크고.

페르난도 로드니는 그저 흔한, 빠른 공을 던지는 마무리에 불과했다.

2013년부터 다시 최고의 마무리는커녕 마운드에 불을 지르는 방화범이 되는 것이 그 증거.

하지만 2013년 3월.

WBC가 치러지고 있는 시점에서만은.

그는 명실상부 메이저리그 최고의 마무리였고.

뻐엉-!

대표팀에 합류하면서 던진.

'나라를 대표하는 데 구단의 허가 따위는 필요치 않다.'는 발언에서 엿보이는 그의 범상치 않은 동기부여까지 더해지니.

뻐엉-!

[……다시 삼진입니다. 김한수 선수에 이어 최준 선수까지 삼진으로 잡아내는 페르난도 로드니!]

그의 공이 9회 말을 삭제하는 것은 어찌 보면 당연한 일이었다.

따악-!

[쳤습니다! 1, 2루간…… 아, 2루수 에릭 아이바의 손에 걸립니다. 1루 송구, 아웃입니다. 스리아웃! 9회 말 대한민국의 공격이 소득 없이 종료됩니다. 3-3! 팽팽한 균형을 이루며 두 팀이 정규 이닝을 모두 치러 냈

습니다. 이제 경기는 연장으로 갑니다!]

결국 연장전으로 접어든 경기.

하지만 한국 팬들과 해설 위원들의 목소리는 밝았다.

[연장전을 치르게 되긴 했지마는 승기는 우리 대한민국에게 있습니다. 도미니카공화국은 결국 최고의 카드인 페르난도 로드니 선수까지 사용했고, 남은 투수가 별로 없거든요? 반면 우리 대한민국에는 아직 많은 투수가 남아 있습니다.]

[불펜의 여력이 다르다, 이런 말씀이신 거죠?]

[예, 맞습니다. 정다현 선수는 다시 등판할 수 없지만, 오승한 선수도 남아 있고 박천후 선수도 충분히 등판할 수 있습니다.]

[그리고, 김신 선수도 있죠.]

[그렇습니다. 아직 김신 선수가 마운드를 내려갈 것 같지가 않아요!]

10회 초.

당연하다는 듯, 92번이 마운드에 우뚝 섰다.

○

이닝 이터(Inning Eater)라는 말이 있다.

많은 이닝을 먹어 치우며 불펜의 과부하를 막아 주는 투수를 이르는 말.

긴 시즌을 치르는 야구에서, 이닝 이터라는 건 스카우터들이 반드시 체크하는 매우 중요한 재능 중에 하나다.

그러나 모든 선발 투수가 기본적으로 이닝 이터여야 했던 과거와 달리, 투수라는 보직이 체계적으로 분업화된 현대에서.

이닝 이터란 결코 겸비하기 쉽지 않은 재능이다.

그런 소중한 재능을 지닌 존재를 불펜 투수로 활용한다?

절대, 없다.

어떻게든 선발투수로 키우는 게 이득이었으니까.

그래도 필드에서 뛰는 감독들은 아쉬울 수밖에 없다.

불펜 중에 그런 친구가 하나쯤 있으면 참 좋을 텐데.

2013년 3월 17일.

대한민국 대표팀의 감독 류종인은.

이제는 이루어질 수 없는 감독들의 그 작은 바람이 이루어지면 어떻게 되는지 확인할 수 있었다.

뻐엉-!

[삼진! 호세 바티스타-! 김신 선수의 커브에 꼼짝하지 못합니다!]

[오늘 커브가 춤을 추네요, 춤을 춰. 아름다운 커브입니다.]

3회 1사 상황에서 올라와 10회 초까지.

경기 중간에 올라와 무려 8이닝을 먹어 주는 롱 릴리프.

류종인 감독이 감탄사를 토해 냈다.

"역시……."

하지만 그건, 도미니카공화국의 승리를 바라는 마무리 투수 페르난도 로드니와 감독 토니 페냐에겐 불행이었다.

"흐으……."

마무리 투수로서의 기량은 뛰어나다.

본인의 동기부여도 훌륭하다.

하지만 그렇다고 해도 결국 불펜 투수.

1이닝, 길어 봐야 2이닝을 던지는 투수가 이닝 이터의 먹성을 따라갈 순 없었다.

10회 말.

눈에 보일 정도로 힘에 겨워하는 페르난도 로드니의 모습에 토니 페냐 감독이 혀를 찼다.

"쯧, 8회에 올린 게 패착이었나."

그때는 어쩔 수 없었다.

김신이 3회 초부터 등판하면서 더 이상의 실점은 곧 패배로 직결되는 상황이 됐고.

토니 페냐 감독으로선 빠른 투수 교체를 단행할 수밖에 없었다.

그로 인해 믿고 맡길 투수가 빠르게 소모되고, 페르난도 로드니를 생각보다 빨리 올리게 되는 건 자연한 수순이었다.

만약 경기가 9회에서 끝났다면 괜찮았을 것이다.

2이닝 정도는 정신력으로라도 커버해 줄 수 있는 남자가 페르난도 로드니였으니까.

타선이 한 점만 더 냈다면 토니 페냐 감독의 투수 기용은 찬사를 받았으리라.

한 점만 더 냈다면.

그러나 메이저리거로 도배한 도미니카공화국의 막강한 타선으로도 대한민국의 마운드를 지키는 괴물에게서 1점 이상은 더 뺏어 낼 수 없었고.

10회 말.

뻐엉-!

[바깥쪽…… 빠집니다. 볼넷! 강민훈 선수가 볼넷을 골라내 1루로 출루합니다!]

[지난 8회, 9회와는 다른 모습이죠? 페르난도 로드니 선수의 제구가 흔들리고 있는 거 같습니다. 그럴 수밖에 없죠. 마무리 투수가 벌써 3이닝째 던지고 있는 거니까요.]

[그렇다면 우리 대한민국 선수들은 성급히 승부할 필요가 없겠군요?]

[맞습니다. 기회가 오고 있습니다. 차분히 기다렸다가, 한 번에 물어뜯어야 해요!]

상황은 토니 페냐 감독에게 선택을 강요했다.

"어떻게 하시겠습니까, 감독님?"

교체를 해야 하지 않겠냐며 물어 오는 수석 코치.

토니 페냐 감독도 교체해야 할 타이밍이라는 건 잘 알고 있었다.

아니, 이미 10회 말이 시작할 때 바꿨어야 했다.

"으음……."

하지만.

한 번만 더. 한 타자만 더.

메이저리그 최고의 마무리라 불리는 페르난도 로드니에
대한 믿음과 그가 보여 준 필승의 마인드가 토니 페냐 감독
의 결단을 방해했다.

합리적인 근거도 있었다.

아무리 지쳤다지만 이런 큰 경기에서 지친 페르난도 로드
니보다 불펜에 남아 있는 신인이 잘 던지리라고 확신할 수
없었고.

상대의 타선은 대회 내내 빈타에 허덕이는 하위 타선, 그
것도 9번 타자였다.

거기에 교체 타이밍임을 직감한 페르난도 로드니가 보내
오는 간절한 눈빛이 더해졌다.

망설이던 토니 페냐가 마침내 입을 열었다.

"교체……."

결자해지(結者解之)라는 말이 있다.

직역하자면 맺은 사람이 풀어야 한다. 자기가 저지른 일은
자기가 해결해야 한다는 뜻.

언뜻 보면 사람이 살아가면서 당연히 지켜야 할 말 같지
만, 의외로 현실에서 결자해지는 잘 지켜지지만은 않는다.

시작은 미미했을지라도 일파만파 커져 버린 사건을 감당할 능력이 없어 도망치거나.

혹은 사건을 수습하는 데 필요한 시간과 노력, 그리고 숙여야 할 자존심이 아까워 외면한다.

또는 아예 자신의 책임이 아니라고 생각하는 경우도 있고.

최악으로는 그 책임을 다른 애꿎은, 상대적으로 힘없는 누군가에게 전가하는 일도 왕왕 있다.

결론을 말하자면, 최소한 자기 똥을 자기가 치우는 정도만 돼도.

잘못을 인정하고 가볍게 머리를 숙일 줄 아는 정도만 돼도 괜찮은 사람이라 할 수 있다는 것이다.

손세헌은 바로 그런 사람이었다.

괜찮은 사람.

선수로서 최악의 스타트라 할 수 있는 신고 선수부터 시작해 1군 주전, 마침내는 태극 마크까지.

후배들로부터 모범 답안지라는 평을 들을 정도로 성실하게 하루하루를 살아 온 남자.

야구선수로서의 자신을 위해 수많은 유혹을 뿌리친 금욕적인 사나이가 바로 그였다.

다만 아무리 금욕적인 사람이라도 욕망은 있는 법.

이번만큼은 자신의 욕망을 위해, 손세헌이 배트를 들었다.

명예.

자신이 걸어온 발걸음으로 쌓아 올린 그 가치를 지키기 위해.

[타석에는 9번 타자 손세헌. 이번 대회에서 부진한 모습을 보이고 있긴 합니다만, 이 선수 클러치에 약한 선수가 아니에요. 기대해 볼 만합니다.]

[그렇습니다. 류종인 감독도 그걸 알기 때문에 대타를 내지 않았겠죠.]

그의 시선이 쌀쌀한 날씨에도 구슬땀을 흘리고 있는 투수에게로 향했다.

그리고 투수의 상태를 확인한 손세헌은 지금 타석에 설 수 있게 된 데 대해 감사를 표했다.

'하늘이 내려 준 기회다.'

10회 말, 무사 1루.

2이닝을 넘게 던진 마무리 투수를, 흔들리는 게 역력한 투수를 내리지 않은 적 팀 감독의 판단이 기꺼웠다.

그의 방망이를 폄하하는 걸 수도 있었지만, 그런 건 손세헌에게 아무래도 좋았다.

2013 WBC 4강 탈락의 주범이라는 낙인을 벗을 수 있는 절호의 찬스가 주어졌으니까.

'2010년엔 기회조차 없었는데 말이야.'

손세헌은 떠올렸다.

2010년 플레이오프.

실책성 플레이로 팀의 가을을 날려 버리고도, 설욕할 기회조차 갖지 못했던 그때를.

뒤이어 지하철에서 영어 단어를 외우는 모범생처럼 달달 외운 페르난도 로드니에 대한 정보가, 앞선 7타석 동안 팀원들의 등을 바라보며 재확인한 특징이 머릿속을 메웠다.

'체인지업.'

제구가 날리는 투수가, 아웃 카운트를 잡고 싶어 안달이 난 투수가 고를 만한 가장 매력적인 선택지.

그곳에 손세헌이 역으로 함정을 팠다.

[페르난도 로드니, 초구!]

타율은 부족하더라도, 수비와 펀치력만은 꿀리지 않는 남자가 번개같이 배트를 돌렸다.

따악–!

경기가.

[손세헌–!]

끝났다.

〈손세헌의 끝내기 홈런! 대한민국 결승 진출!〉
〈WBC 1호 홈런을 끝내기로 장식한 손세헌!〉

토니 페냐 감독과 페르난도 로드니에게 4강 탈락의 주범
이라는 타이틀을 떠안기는 손세헌의 끝내기 투런.

4강 1차전은 대한민국의 승리로 끝이 났다.

–이거지! ㅋㅋㅋㅋㅋㅋ 끝내기 오졌다!

–믿음의 야구!!

처음에는 기분 좋게 승리와 결승 진출 사실을 즐기던 팬들
의 시선은 곧 결승전에 대한 걱정으로 변해 갔다.

〈정건후, 부상 크지 않아. 시즌에는 영향 없을 것. 결승전은?
출전 불가〉

〈대표팀 2루수 비상! 정건후, WBC 결승 출전 불가능! 대안
은?〉

–이제 우리 어쩌냐. 2루수 누구 씀?

–애초에 뽑을 때부터 유격수를 셋이나 뽑는 게 말이 안 됐지. 아
무리 정건후가 붙박이였어도 백업도 안 뽑아? ㅋㅋㅋㅋㅋ 내가 이
꼴 날 줄 알았다.

ㄴ백업이 없긴 왜 없어. 내야 유틸 모르냐, 내야 유틸?

ㄴ야알못 새끼가 내야 유틸 이 ㅈㄹ 하고 앉았네. 걍 류종인이
ㅂㅅ짓 한 거지. 솔까 지금까지도 감독이 한 게 뭐가 있냐. 다 선수

발, 김신발이지. 애초부터 능력이 부족했음.

　└응~ 그 감독 트리플 크라운 감독~ 아시아 시리즈도 제패한
명장~

정건후의 부상 이탈로 인한 2루수 문제.

일찍이 류종인 감독이 고민했던 대로 강종호냐 감성수냐
하는 논쟁이 인터넷상으로 번졌다.

그리고 곧 그 논쟁은 더 큰 문제 쪽으로 옮겨 갔다.

　─선발은 장원석일 거 같은데…… 대만한테도 두들겨 맞았던 애
가 미국 상대로 1이닝이라도 견딜 수 있을까?

　└또 나왔네, 이 새끼. 아니, 그냥 좀 닥치고 응원이나 해! 니가
여기서 이래 봤자 달라지는 거 하나도 없다.

　└길고 짧은 건 대봐야 아는 법. 부딪혀 보는 거지.

　└난 모르겠다~. 일단 내일 일본이랑 미국이잖아. 굿이나 보고
떡이나 먹어야지 ㅋㅋㅋ

　─차라리 미국이 올라왔으면 좋겠다. 일본 또 만나는 건 극혐임.
미국 만나서 지면 명예로운 죽음이라도 되지 일본한테 지면… 끔찍
하다.

　└패배자 새끼. 왜 질 생각부터 하냐? 이길 생각을 해야지.

　─김신은 못 던지겠지?

　└연장 10회까지 던졌는데 말이 되는 소리를 해라. 당연히 못 나

오지.

김신의 출전은 상상도 하지 못하고 있는 팬들.
그것은 한국 팬들뿐 아니라 미국과 일본도 마찬가지였다.

　-미국만 이기면 된다! 김신 없는 한국은 별거 없다!

일본은 희망 찬 미래를 그리며 전투 의지를 북돋았고.

　-4강 토너먼트가 오히려 싱거울 수도 있겠네.

최강 전력을 구축한 미국은 오히려 유일한 적수였던 도미
니카공화국과 만날 일 없는 4강 토너먼트를 낙관했다.
그리고 다음 날.
[웰컴 투 월드 베이스볼 클래식! 여기는 미국과 일본, 일본과 미국의
4강 2차전이 펼쳐지는 AT&T 파크입니다!]
대한민국의 결승전 상대를 가리는 미일전이 시작됐다.

반드시 이기겠다는 의지로 가득 찬 일본과 그 일본을 한
수 아래로 바라보며 조금은 풀어진 분위기의 미국.

경기 초반, 두 나라의 마음가짐이 적나라하게 반영됐다.

뻐엉—!

[삼진! 다르빗슈 선수의 스플리터가 다시 삼진을 만들어 냅니다! 이번 경기 벌써 3개째 삼진을 잡아내는 다르빗슈 유! 2회 말 미국의 공격이 삼자 범퇴로 종료됩니다.]

[지난 시즌 텍사스 레인저스에서 좋은 성적을 썼던 게 이런 모습 때문이겠죠. 스플리터가 예사롭지 않습니다.]

작년 데뷔 이후 메이저리그에 성공적으로 적응해 텍사스 레인저스의 원투 펀치로 활약 중인 다르빗슈 유.

절정의 스플리터를 앞세운 다르빗슈 유의 호투에 최강을 자랑하는 미국의 타선이 침묵했던 것이다.

—요시!

—역시 다르빗슈! 믿고 있었다고!

물론 그렇다고 일본 타선이 다르빗슈의 어깨를 가볍게 해 줬냐 하면 그건 절대 아니었다.

뻐엉—!

[스윙 스트라이크아웃! R. A. 디키 선수의 너클볼이 AT&T 파크를 제 집처럼 누빕니다!]

[오늘 한층 더 현란하네요. 결승전에서 배제된 분을 풀고 있나요?]

그가 아닌 저스틴 벌랜더를 결승전 선발로 낙점한 그렉 매덕스 감독에게 시위라도 하듯, R. A. 디키의 너클볼이 연신 일본 타자들의 방망이를 외면했다.

[경기가 예상외로 투수전으로 흐르고 있습니다.]

언뜻 보기엔 투수전으로 진행될 듯한 분위기.

하지만 그건 3회 초까지의 이야기였다.

[양 팀이 0-0으로 팽팽히 맞서고 있는 가운데, 3회 말 미국의 첫 번째 타자로 마이크 트라웃 선수가 등장합니다.]

[훌륭한 데뷔 시즌을 보냈고, 그보다 더욱 훌륭한 미래가 있을 걸로 기대되는 에인절스 최고의 루키입니다.]

3회 말 첫 타자로 나선 '비운의 신인왕' 마이크 트라웃.

닳고 닳은 선배들과 달리 신인의 패기를 간직하고 있는 그의 방망이가 다르빗슈 유의 무실점 행진을 용납하지 않았다.

따악-!

[큽니다! 좌측 담장, 좌측 담장, 좌측 담장…… 넘어갑니다! 마이크 트라웃의 벼락같은 솔로 포! 경기의 균형을 단박에 깨뜨립니다!]

그때부터였다.

"이제 좀 본격적으로 해야지?"

나른하게 늘어져 있던 사자가 입맛을 다시며 몸을 일으키기 시작한 것은.

따악-!

하위 타순은 상위 타순으로 기회를 연결하고.

따악-!

이미 한 번 타석에 섰던 상위 타순은 더 이상 맥없이 물러나지 않았다.

따악-!

투수가 바뀌고.

따악-!

다시 투수가 바뀌었다.

[또 쳤습니다! 좌중간! 좌중간을 완벽히 가르는 마이크 트라웃의 적시타! 미국이 또다시 득점에 성공합니다! 8-0!]

[한 이닝이면 충분하군요······.]

일본 열도가 침몰했다.

<3회에만 대거 8득점! 콜드게임으로 일본을 제압한 최강 미국!>

미국이 이번 대회 세 번째 콜드게임을 기록하며 일본을 무너뜨린 날 밤.

-결승전도 볼거리 하나 없는 거 아냐?

└그럴 수도 있지. 김신 없으면 한국 팀에 누가 있나? 아, 추. 추

한 명 정도 있겠다. 근데 추 혼자 뭘 할 수 있지?

너무 강력한 미국의 전력에 되레 팬들의 관심이 사그라들
려 하고, 그걸 느낀 버드 셀릭 메이저리그 커미셔너가 미간
을 좁히고 있을 무렵.

버드 셀릭이 원하는 홍행의 열쇠를 쥐고 있는 남자는 꿀
같은 연인과 결코 달콤하지 않은 통화를 하고 있었다.

–정말…… 할 거야?

"……미안."

김신의 대답을 들은 캐서린의 입에서 노호성이 튀어나왔
다.

–자기 진짜 미쳤어!? 자긴 무슨 철인이야? 하루라고, 하루! 그
것도 8이닝을 던졌어! 근데 하루 쉬고 출전한다는 게 말이나 돼?

"…….."

–자기도 잘 알잖아! 부상이란 게 한 번에 생기기도 하지만
대부분 대미지가 누적돼서 생기는 거라는 걸! 이건 그냥 혹사
야, 혹사! 왜 이렇게까지 해야 되는 건데!

한동안 여러 가지 근거를 들어 가며 김신을 설득하던 캐서
린 아르민.

허나 묵묵부답인 김신의 반응에 결국 그녀의 입에서 한탄
섞인 마지막 설득이 흘러나왔다.

–그래…… 등판했다 쳐. 괜찮지 않겠지만 자기 몸이 진짜

철인이라 괜찮다고 치자고. 그럼 다음은? 지면 자기 첫 패배라고 조롱하겠지. 이기면? 이겨도 전승 우승하려던 미국을 떨어뜨렸다고 비난할 거야. 이런 선수가 미국에서 돈 벌어 먹어도 되냐고.

"……."

―물론 모든 팬이 그렇진 않겠지. 알아. 하지만 분명히 그런 놈들이 있을 거라고……. 그것도 많이…….

"……."

―그래도…… 정말 해야겠어……?

간절한 캐서린의 목소리에 김신이 눈을 감았다.

하지 않아야 할 이유는 많았다.

지금의 혹사로 누적된 대미지가 부상을 유발할 수 있다는 것도 알았다.

왕자라고까지 불렸던 축구 선수가 월드컵에서의 일로 팀과 팬들에게 무슨 일을 당했는지도 알고 있었다.

그 밖에도 캐서린이 열거했던 여러 가지 근거들이 모두 타당한 걱정이라는 것도…… 알았다.

반면에.

해야 할 이유는 고작 하나뿐이었지만.

"미안, 캐시. 내가 그렇게 하고 싶어."

김신은 그 하나뿐인 이유의 손을 들어 주었다.

'하지 않아서 후회하는 건…… 한 번이면 족해.'

김신의 심장이 거세게 맥동했다.

본디 수많은 야구팬이 겨우내 달아올랐던 엉덩이를 시범 경기로나마 달래고 있어야 했을 3월.

그들의 들썩이는 엉덩이가 AT&T 파크로, 한국과 미국의 WBC 결승전이 열리는 그곳으로 집중됐다.

비록 김신은 출전하지 못할 확률이 높았지만, 어쨌든 전승으로 결승전에 직행한 한국.

마찬가지로 전승으로 결승전까지 승승장구했으며, 내로라하는 메이저리그 알짜배기 스타들이 포진한 미국.

버드 셀릭이 기대한 수치에는 미치지 못했지만.

2013 WBC 결승전은 이제까지와는 다른, 메이저리그 사무국 입장에선 충분히 박수 칠 만한 흥행을 기록했다.

"자, 어렵게 구한 거라고. 나 아니면 구하지도 못했을걸."

"오오……!"

공공연하게 암표까지 횡행할 정도로.

"와아아아아─!"

경기 전부터 그 흥분이 물씬 뿜어져 나오는 경기장.

마침내 해설진이 브라운관에 모습을 드러냈다.

[웰컴 투 월드 베이스볼 클래식! 여기는 그 대망의 최종 승자를 가리

는 AT&T 파크! 한국과 미국의 결승전이 열리는 AT&T 파크입니다! 인사드립니다! 저는 캐스터 게리 존.]

[해설을 맡은 릭 클리프입니다.]

해설진의 얼굴은 미국의 승리를 확신한 것인지, 긴장이 아닌 축제에 대한 즐거움으로 가득했다.

[릭, 단도직입적으로 묻겠습니다. 이번 경기 어떻게 보십니까.]

[이런! 게리, 물을 거라 생각은 했지만 너무 노골적인 거 아닙니까?]

[하하, 요즘 시청자들은 따분한 걸 싫어합니다. 질문에 대답해 주시죠.]

[알았어요, 알았어. 음…… 솔직히 말해서 저는 미국이 많이 유리하다고 생각합니다.]

[그렇군요. 이유를 물어도 될까요? 물론 미국도 역대 최강의 라인업을 구축했고, 전승 우승으로 올라오긴 했지만 한국도 마찬가지로 단 한 번의 패배도 없이 결승전으로 직행했습니다. 그런데도 미국이 많이 유리할까요?]

[한국. 물론 예상외의 대단한 성적을 썼습니다. 정말 훌륭한 활약을 했어요. 하지만 야구는 팀 게임이고, 그런 측면에서 오늘 경기는 미국 쪽으로 무게가 기운다고 하겠습니다. 한국은 특정 선수에 대한 의존도가 너무 높은 팀이에요.]

[역시 김신 선수를 말씀하시는 거겠죠?]

[그렇습니다. 김신 선수가 마운드에 서 있는 한국 대표팀과 그렇지 않은 한국 대표팀은 너무나 다르죠. 반면에 미국 대표팀은 설령 한두 선수가 없다 해도, 여전히 강력한 팀입니다. 여기서 오늘의 승패가 갈릴 거라

고 봅니다.]

[의견 잘 들었습니다. 그럼 이제 진부한 질문을 또 드리지요. 오늘 경기에서 주목해야 할 선수들은 어떤 선수들이 있을까요? 한국 팀부터 말씀 부탁드립니다.]

[음…… 아무래도 선발로 등판하는 장과 타선을 이끄는 추가 있겠죠.]

해설진이 나눈 대화는 현재 경기를 지켜보고 있는 사람들의 생각을 99% 이상 대변했다.

김신이 없는 한국은 앙꼬 없는 찐빵이다.

저스틴 벌랜더가 버티는 마운드와 누굴 특정할 수도 없을 만큼 골고루 강한 타선은 미국에게 승리를 가져다 줄 것이다.

하지만 1%.

어쩌면 그보다 더 적을지 몰라도.

한국의 승리를 위해 기도하고, 이를 악문 남자들이 있었다.

둘 다 전승이었지만 '다득점 룰'에 의해 원정 팀 더그아웃을 쓰게 된 희고 푸른 유니폼의 사내들이 그러했다.

"……."

특별한 대화는 나누지 않았다.

하지만 눈빛으로, 기세로 표출되는 절박함이 그들에게는 있었다.

그들의 시선이, 상념이.

간간히 더그아웃 밖, 불펜으로 향했다.

찬란할 게 분명한 미래를 판돈 삼아 오늘에 베팅한 남자에게로.

뻐엉-!

[저스틴 벌랜더 선수가 피칭을 준비합니다. 지난 시즌 17승 8패. ERA 2.64를 기록한 디트로이트의 자랑이죠. 포스트 시즌에서도 환상적인 투수전을 펼쳐 보인 바 있습니다.]

그 남자와 자웅을 거뤘던 투수의 피칭 소리를 배경 삼아, 그들이 의식을 준비했다.

"모이자."

어젯밤 선장으로부터 충격적인 이야기를 전달받은 선원들이 한자리에 모였다.

"하나, 둘, 셋. 파이팅!"

"파이팅!"

가볍지만 무겁게.

그들의 결의가 조용히 그라운드를 향해 퍼져 나갔다.

"플레이볼!"

1회 초, 대한민국의 공격으로 시작된 경기.

1번 타자 이윤규가 타석에 섰다.

[타석에는 이윤규. 이번 대회 타율은 2할 5푼이지만 출루율이 5할이

넘는 선수입니다. 선구안이 아주 훌륭하고, 투수를 괴롭힐 줄 아는 전통적인 리드오프예요.]

[영상을 보니 타격 폼이 아주 특이하더군요.]

높은 출루율과 투지를 바탕으로 2013 WBC에서 메이저리그와 NPB 스카우터들의 눈도장을 단단히 받은 이윤규.

그러나 현재 이윤규의 머릿속에, 미래는 존재하지 않았다.

남아 있는 건 오직 지금.

'살아 나가자.'

승리에 대한 열망뿐.

그런 이윤규의 눈앞에 흰색 공 하나가 불쑥 솟아올랐다.

뻐엉-!

"스트라이크!"

[100마일! 저스틴 벌랜더 선수가 초구부터 100마일을 뿌립니다!]

빠르기는 더럽게 빠르고, 지저분하기는 더럽게 지저분한 공.

이윤규가 슬쩍 타석에서 물러서 장갑을 동여맸다.

'이 정도라······.'

분명 KBO에서는 구경도 못했던, 말도 안 되는 공이었다.

하지만 해 볼 만했다.

자체 청백전에서 봤던 그 공에 비하면.

이윤규가 방망이를 짧게 잡으며 다시 타석에 들어섰다.

그리고 깊게 숨을 들이마신 그의 시선이 내야를 가득 메운 별들에게로 향했다.

'쟤네들도 사람인데 말이야.'

그들의 모습에서 팽팽하게 당겨진 활시위와 같은 긴장은 보이지 않는 듯했다.

'실수할 수도 있는 거 아니겠어?'

솔직히 클린 히트로 안타를 칠 자신은 없었다.

하지만 1루를 밟는 데에 있어 타자의 타격만이 100% 지분을 가진 건 아니었고.

설령 출루하지 못한다 해도 리드오프로서 팀에 기여하지 못하는 것도 아니었다.

샌프란시스코 자이언츠의 브랜든 벨트가 그랬던 것처럼.

KBO 통산 한 타자 상대 최다 연속 투구 횟수 기록을 갱신하게 했던, 콘택트로는 둘째가라면 서러운 남자가 손아귀에 힘을 주었다.

[저스틴 벌랜더, 제2구!]

뻐엉-!

이윤규가 저스틴 벌랜더의 공에 온몸으로 맞섰다.

따악-

[1루 쪽…… 파울입니다!]

따악-

[다시 파울! 커팅해 내는 이윤규 선수! 이 선수 역시 콘택트와 투지가 일품입니다!]

그 결과는.

부우웅—!

[스윙 스트라이크아웃! 기어코 이윤규를 삼진으로 잡아내는 저스틴 벌랜더!]

[체인지업으로 돌려세웠네요.]

7구 승부 끝에 삼진.

절반의 성공만을 거둔 이윤규가 아쉬움을 삼키며 물러났다.

[다음 타자는 강종호. 오늘 경기는 2루수로 출전했습니다만…… 주 포지션은 유격수라더군요. 특이한 건, 이 선수 유격수로 골드글러브를 수상한 경력이 있습니다. 무려 2010년과 2012년에요.]

[예? 작년 골드글러브 수상자라고요? 그럼 지금 유격수 수비를 보는 선수는 뭡니까? MVP라도 되나요?]

[하하, 그런 건 아니고 마찬가지로 골드글러브 수상자입니다. 2005년 과 2009년에요. 아마 한국 팀의 류 감독이 경험을 중시하는 스타일인 거 같습니다.]

[아…… 그럼 좀 이해가 되네요. 큰 경기에 베테랑들을 기용하는 감독들이 많긴 하죠.]

지난 경기 정건후의 부상 이후 2루 수비를 봤던 강종호.

이윤규와는 조금 다른 마음가짐을 가진 강종호가 헬멧을 눌러썼다.

'김신, 김신……. 지겹지도 않나?'

물론 김신이 믿기지 않는 성적을 쓰긴 했다.

하루 쉬고 다시 등판한다는 투혼도 대단하다고 생각했다.

그러나 강종호는 본질적으로 김신을 이해하지 못했다.

국가 대표가 밥 먹여 주는 것도 아닌데 왜 그렇게까지 하는지, 자신을 희생해 가면서까지 덤비는지 공감할 수 없었다.

또한 그 김신에게 휘둘리는 대표 팀 선배들과 코칭스태프들도 눈꼴시었다.

그런 그를 움직이는 건.

'내게 기회가 없었을 뿐. 반드시 여기에 오고 말겠다.'

야망.

야망이었다.

손세헌?

그 노력과 자기 관리가 대단하긴 하지만 이제 지는 별.

이미 KBO는 그의 독무대였다.

그런데도 그를 주전으로 기용치 아니 하고 백업 따위로 쓰는 류종인 감독?

KBO라는 우물 안 개구리일 뿐.

'보여 주지.'

한국 프로야구를 정복하고, 메이저리그 진출을 꿈꾸는 야심가의 힘줄이 꿈틀댔다.

[1사 주자 없는 상황. 저스틴 벌랜더, 초구!]

아직 우물 밖을 경험해 보지 못한 개구리의 방망이가 휘둘리다.

'······!'

멈췄다.

뻐엉—!

[배트······ 돌지 않았습니다! 강종호 선수가 잘 참아 냈습니다!]

[사실 스트라이크로 판정돼도 할 말 없는 장면이었습니다. 테드 바렛
주심의 판단이 강종호 선수를 돕네요.]

주심 판정이 도운 볼.

강종호의 입가가 씰룩였다.

'역시 나야. 이 정도는 속지 않지.'

다음 공.

강종호의 방망이가 다시금 휘둘리다 멈췄다.

뻐엉—!

[다시 볼. 2-0이 됩니다.]

[으음······ 이것도 애매한데요. 오늘 주심의 존이 상당히 타이트해 보
입니다.]

충분히 손이 올라올 만한 공에도 미동조차 없는 주심, 테
드 바렛.

강종호의 오만한 시선이 마운드로 향했다.

'어떠냐, 사이 영 투수!'

저스틴 벌랜더의 눈썹이 꿈틀댔다.

강종호의 기량이 예사롭지 않은 것 같아서?

아니.

'큰 경기라 그런가? 애매한 건 잘 잡아 주지 않는군.'

그저 1회 초, 의례 그러하듯 파악해 본 주심의 존이 마음에 들지 않았기 때문에.

'일단은…… 스트라이크를 잡아 볼까.'

강종호 따위는 일말의 신경조차 쓰지 않는 메이저 최정상급 투수의 포심이 존 한복판을 공략했다.

따악-!

[높이 뜹니다! 내야를 벗어나지 못할 듯! 2루수 더스틴 페드로이아. 가볍게 처리! 투아웃!]

[완전히 힘에서 밀렸어요. 벌랜더 선수의 구위는 역시 무시무시합니다.]

모두가 압도적인 패배를 이야기할 때 혼자만 안타까움을 느낀 강종호가 더그아웃으로 걸음을 옮겼다.

'뭐, 다음에 치면 되지. 3할만 치면 이기는 게 타자야.'

그의 뒤로, 오늘 경기 저스틴 벌랜더가 가장 경계하는 타자가 대기 타석에서 걸어 나왔다.

저스틴 벌랜더가 다시 한번 스스로를 점검했다.

[나우 배팅, 넘버 17!]

추호도 방심하지 않고 자신을 노려봐 오는 저스틴 벌랜더의 모습에 메이저리그 수위를 다투는 타자가 쓴웃음을 지었다.

'아마 내가 제일 삼진을 많이 당한 타자일 텐데…… 좀 방

심 좀 하지.'

[신서, 취]

한국 팬들의 기대를 한 몸에 받는 남자가 방망이를 휘두르
며 생각을 정리했다.

'그래도 상황은 나쁘지 않다.'

앞선 두 타자, 이윤규와 강종호와의 승부에서 알게 된 건
두 가지.

첫째, 야수들의 반응이 그가 알던 한창 시즌을 치르던 때
보다 느리다.

둘째, 주심의 존이 상당히 타이트하다.

웬만한 공은 빠지도록 둬도 될 정도로.

추신서에게 그 정도면 충분했다.

최근 전적 11타수 무안타.

통산 상대 타율 2할 초반.

그럼에도 투수를 긴장하게 만드는 타자가.

'중요할 때 한 방이면 이기는 게 타자다.'

우물 밖에서 개구리를 내려다보는 별이 힘차게 방망이를
휘둘렀다.

따악-!

종점을 향해 달리는 기차

감정(感情).

어떤 현상이나 일에 대하여 일어나는 마음이나 기분.

인간에게 감정이란 살아가는 데 있어 필수 불가결한 요소다.

아니, 필수 불가결한 요소 정도가 아니라 감정이 없다면 인간이라 할 수 없다.

사이코패스나 소시오패스라 하더라도 공감 능력이 결여된 것이지, 감정 자체가 없는 건 아니니까.

그런데 이 감정이란 참으로 오묘한 놈이다.

합리적인 판단으론 해서는 안 될 일인데도 하도록 만들고.

이성적으로 결론지으면 될 일인데도 그에 휘둘릴 때가 있으니까.

추신서가 그랬다.

2013년.

FA라는 선수 최고의 이벤트를 1년 앞둔, 추신서 개인에게는 이보다 중요할 수 없는 해.

추신서는 본디 2013 월드 베이스볼 클래식에 불참하려고 했다.

그는 분명 2008 베이징 올림픽의 영웅 중 한 명이다.

그것도 그가 없었다면 메달은 없는 거나 다름없을 활약을 펼쳤다.

그를 통해 병역 면제라는 보상을 받긴 했지만, 국위를 선양했다는 사실은 변하지 않는다.

2013 WBC에 한 번 불참한다고 해서 그가 주야장천 불참하려는 것도 아닌데.

추신서라는 개인에게 가장 중요한 한때.

한 번 정도는 괜찮지 않겠는가.

처음이 어렵지 그다음은 쉽다는 진리를 모르기에, 그가 앞으로도 태극 마크를 달지 않게 된다는 걸 모르기에 할 수 있는 생각이었지만.

추신서는 그렇게 생각했다.

그리고 고통받았다.

―자기 왜 그러는데?

　―아냐.

　아니었다. 괜찮지 않았다.

　합리와 이성이 아닌 감정이, 가장 어려운 '처음'이 추신서를 괴롭혔다.

　불편하게 만들었다.

　물론 그대로 아무 일도 없었다면, 그 불편함은 자연스레 사그라들었을 것이다.

　없어지진 않았겠지만, 어렵게라도 무시할 수 있을 만큼은 작아졌을 것이다.

　그러나.

　　―신서야⋯⋯ 함께해 줄 수 없겠니?

　박천후의 전화 한 통이 그것을 좌시하지 않았다.

　박천후의 전화를 촉매로 불길처럼 들고일어난 불편함은 추신서로 하여금 합리적이라는 가면을 쓴 다른 생각들을 하게 만들었고.

　　―이번에도 잘 부탁드립니다.

그에게 푸르고 흰 유니폼을 다시 입혔다.
추신서는 그제야 편안함을 느꼈다.

　─정말 또 던진다고?

그런데 오늘…… 아니, 어젯밤.

　─아, 추 선배. 예, 그렇게 됐습니다.
　─……괜찮겠냐?
　─글쎄요…… 하하, 해 봐야죠.

아주 미약하지만, 결코 외면할 수는 없는.
또 다른 불편함이 일어났다.

[2사 주자 없는 상황. 추신서를 상대하는 저스틴 벌랜더.]
[이미 여러 번 만난 사이죠? 상대 전적은 확실히 저스틴 벌랜더 선수
가 압도하고 있습니다. 최근 전적만 따져도 무려 11타수 무안타입니다.
가히 천적이라 할 수 있죠]
　천적이라고까지 불리는 남자를 만난 추신서가 타석에 몸
을 웅크렸다.
　'야수의 반응이 늦고, 심판의 존은 타이트하다.'
　그가 믿는 가능성이 그의 눈빛 속에서 소용돌이쳤다.

'존을 좁히고 기다리면…… 기회는 온다.'

아무리 뛰어난 투수라도 미끄러지는 날은 있다는, 당연한 진리가 그의 손아귀에 힘을 보탰다.

'벌랜더는…… 신이 아니야.'

발도 순간의 강렬한 임팩트를 위해.

추신서의 칼날이 칼집 속에 잠겼다.

추신서가 불편함을 느끼도록 한, 그가 쉬이 가지 못하던 길을 당당히 앞서 가는 후배의 환영이 그 결속을 단단히 붙잡았다.

[투수, 와인드업!]

뻐엉―!

[바깥쪽, 빠집니다. 1-0!]

[흐음…….]

기회는 생각보다 빨리 찾아왔다.

[저스틴 벌랜더, 제2구!]

초구보다 조금 더 가까이.

확실한 스트라이크를 위해 조금 더 붙인 공.

추신서의 칼날이 태양 아래 번뜩였다.

따악―!

[쳤습니다! 우중간 높이! 높이! 멀리……! 넘어갑니다! 추신서의 깜짝 솔로 포!]

AT&T 파크라는 넓은 그물이 담지 못할 만큼 찬란히.

－이거 실화냐?

－외쳐! 추췩! 추췩! 추췩!

기적을 울리며 달리는 폭주 기차에.

대한민국이 달아올랐다.

투수에게 홈런이란 세금과 같은 것이다.

깜짝 홈런 하나 맞았다고 흔들리는 건 바보 같은 짓이다.

저스틴 벌랜더도 알고 있었다.

이성적으론.

"......"

하지만 저스틴 벌랜더의 감정은 이성과 같지 않았다.

미국이 최초로 진출한 월드 베이스볼 클래식 결승전.

그것도 상대적으로 약팀이라 분석되는 팀을 상대로 1회 초부터 끌려간다?

그것도 오롯이 그의 실수로?

으득－!

저스틴 벌랜더의 감정이 활화산같이 타올랐다.

그의 손에서 불꽃같은 강속구가 쏘아졌다.

삐엉－!

[워우! 한층 기어를 올리는 저스틴 벌랜더! 101마일이 찍힙니다!]

투수의 흥분은 명백한 호재.

다만 한국 팀의 4번 타자는 그 호재를 이용할 능력이 부족했다.

아니, 있었지만 시간이라는 족쇄가 그 능력을 앗아 갔다.

뻐엉-!

"스트라이크아웃!"

[삼진! 이송엽 선수를 3구 만에 돌려세우는 저스틴 벌랜더! 1-0! 1회 초가 종료됩니다!]

착잡한 심정으로 더그아웃으로 향하는 이송엽의 등과 함께.

"후우……."

AT&T 파크의 모습이 브라운관에서 사라졌다.

그러나.

-이게 무슨 일이고! 우리가 이기고 있는 거 맞나!

-하모요! 아따, 부산 타자가 역시 제일이제!

└근데 부산 팀은 왜 제일이 아님?

└쉿. 금지어야.

한국 팬들은 그에 아랑곳없이 기다렸다는 듯 근질거리는 손가락을 풀며 예상외의 선전에 대한 기쁨을 토해 냈다.

어쨌든 이기고 있는 거였으니까.

하지만 미국 팬들은 달랐다.

　–역시 추. 양키스 DNA를 가진 타자답다.

　└양키스에 고작 1년 있었는데 무슨 개소리? 너 양키스지?

　└ㅋㅋㅋㅋㅋㅋㅋㅋ 티를 못 내서 안달이네. 진짜. 물론 추가 잘하
는 건 인정함.

추신서의 기량에는 다들 고개를 끄덕였지만.

　–잠시간의 행복이나마 느껴라, 한국.

　–1회 말에 몇 점이나 나는지 내기할까? 난 음…… 3점에 10달러.

　└10달러? 겁쟁이 자식. 5점에 100달러.

　└7점에 200달러 건다.

승리가 아닌 점수에 내기를 걸 정도로 한국의 승리는 눈곱
만큼도 생각하지 않았다.

1회 말, 선두 타자로 나설 남자 또한 그러했다.

[1회 말, 미국의 첫 번째 공격이 시작되겠습니다. 마운드에는 한국의
장원석 투수. 예선전 대만과의 경기 때 등판해 6이닝 2실점의 호투를 펼
친 바 있습니다. 80마일 중후반의 포심과 슬라이더를 주로 사용하는 피
네스 피처 유형의 투수입니다.]

곧, 해설진의 입에서 그 남자의 이름이 호명됐다.

[이에 맞서는 미국 타선은 데릭 지터! 캡틴으로부터 시작합니다!]

데릭 지터.

이런 큰 경기에서 누구나 같은 팀이길 원하는 빅게임 히터.

뻐엉-!

장원석의 연습 투구를 바라보던 데릭 지터의 시선이 점차 내야로, 외야로 뻗어 나갔다.

한동안 한국 선수들의 모습을 지켜보던 데릭 지터가 고개를 끄덕였다.

'확실히 결의가 남다르다는 게 느껴지는걸.'

범상치 않은 동기부여.

풀어진 분위기가 없지 않은 미국 팀과는 확연히 다른 그것이 십수 년간 야구 판에서 굴러먹은 데릭 지터의 눈썰미에 포착됐다.

하지만 그렇다 하더라도.

데릭 지터가 머릿속으로 미국의 패배를 그리려 해도 그려지지가 않았다.

뻐엉-!

결의만으로 넘을 수 없는 기량의 차이가 너무나 압도적이었으니까.

'10마일, 아니, 5마일 정도라도 더 빨랐다면 몰라도……'

80마일 중후반의 포심을 던지는 피네스 피처가 메이저리그에서 버텨 낼 수 있을까?

　그 대답은 그렉 매덕스라는 이름 하나로 충분하다.

　80마일 후반에서 90마일 초반의 공을 던지던 역대 최고의 제구력을 가진 투수가 고작 1~2마일의 구속 상실로 어떻게 됐는지.

　심지어 그때보다 더욱 타격 기술이 발달한 지금에 와서는…….

　'미안하지만 우승은 우리가 가져가겠다.'

　반대편에서 쉬고 있을 누군가에게 심심한 유감을 건네며.

　[경기 시작합니다! 장원석, 초구!]

　데릭 지터가 자신의 머릿속에 자연스레 그려지는 상상을 실현했다.

　따악-!

　[3유간…… 뚫어 냅니다! 데릭 지터의 선두 타자 안타! 초구를 받아쳐 1루에 안착하는 캡틴!]

　[정확히 빈 공간을 노린 환상적인 타격입니다. 아주 기술적인 배트 컨트롤이었어요!]

　그리고 데릭 지터의 상상을 이어 그릴 남자가 타석에 들어섰다.

　[무사 1루! 타석에는 비운의 신인왕, 마이크 트라웃!]

　마이크 트라웃.

동기부여 따위는 필요 없는, 야구에 언제나 진심인 남자.

미국 대표팀에서 가장 불타오르고 있는 타자.

'아마도…….'

데릭 지터의 생각이 다시 한번 현실이 됐다.

따악—!

[우중간! 큽니다! 우익수 뒤로! 우익수 뒤로……! 아, 넘어가지 못합니다! 펜스를 강타하는 타구! 1루 주자 데릭 지터, 2루 돌아 3루로—!]

비록 양키스의 우측 외야를 책임지던 든든한 외야수의 어깨 탓에 홈까지 들어가지는 못했으나.

"세이프—!"

데릭 지터가 그리던 미국의 승리라는 그림은 흐려지지 않았다.

'이 정도는 뭐…….'

양키스의 캡틴이자, 오늘은 미국의 캡틴으로 출전한 남자가 어깨를 으쓱했다.

—자, 다시 걸 기회를 줌. 1회 말에 몇 점?

미국 팬들도 당연하다는 듯이 고개를 주억거렸다.

반면 순식간에 무사 2, 3루를 맞닥뜨리게 된 한국의 선발투수 장원석은 고개를 하늘로 들었다.

그곳에 한 사람의 얼굴이 그려졌다.

'이런 놈들을 상대로 0점대 방어율이라…… 미친 새끼.'

그런 미친놈한테 마운드를 넘기는 건, 어쩔 수 없는 일이리라.

"원석아."

어느새 마운드 흙바닥에 발을 디딘 류종인 감독의 목소리에 장원석이 자연스레 공을 건넸다.

"죄송합니다."

"……괜찮다. 고생했다."

그 순간이었다.

공을 주고받는 감독과 투수의 모습에 여상하게 투수 교체임을 알리려던 해설진의 목소리가.

[벌써 교체인가요? 류 감독이 퀵 후크를 아주 좋아하는…… 잠깐만요!]

흔들렸다.

"아쉽게 됐군. 여러 가지 부수적인 이득은 있었지만 정작 가장 노리던 건 좌절된 게 아닌가."

"뭐…… 어쩔 수 없죠. 다음 기회도 있으니까요. 아시안게임 차출에 동의해 줄 준비나 하십시오."

양키 스타디움의 단장 집무실에서 대화를 나누던 브라이언 캐시먼과 헤빈 디그라이언의 음성이.

"글쎄. 그때 과연 킴을 보내 줄 여유가 있을까 모르겠…… 음? 이봐, 미스터 디그라이언!"

"……!"

흔들렸다.

우걱- 우걱-!

숙소 소파에 앉아 팝콘을 먹던 산체스의 표정도.

"쯧쯧, 그렇게 빡세게 하더니…… 헹! 너도 어쩔 수 없는 게 있지? 양키스 안에서야……?"

흔들렸다.

[이 선수가 왜 나오죠? 이게…….]

보여서는 안 될 투수의 그림자가 불펜 너머로 뻗어 나오고 있었다.

[……언빌리버블.]

타격을 준비하던 데이비드 라이트의 고개가 굳었다.

'생각은 하긴 했는데 설마 진짜 나올 줄이야…….'

2루에 자리하고 있던 마이크 트라웃의 눈동자가 빛나고.

3루에 서 있던 데릭 지터의 입에서 헛웃음이 터져 나왔다.

'허…… 미친놈이라는 말을 안 할 수가 없구먼.'

시상을 위해 AT&T 파크에 대기하고 있던 버드 셀릭 메이저리그 커미셔너의 입에서 웃음소리가 튀어나왔다.

"하핫! 빨리 기사 내보내!"

소름 끼치도록 평소와 다름없어 보이는 철벽이 태양 아래 자태를 과시했다.

스윽-.

존재만으로 사위를 압도하는 거인이 모자를 벗어 인사를

건넸다.

[한국의 바뀐 투수는 김신! 믿을 수 없지만 김신 선수입니다!]

뻐엉-!

김신의 연습 투구 소리와 함께 멈춰 있던 AT&T 파크가 다시 생명력을 얻었다.

[기, 김신 선수가 연습 투구를 하고 있습니다.]

대부분의 사람이 예상하지 못한 충격적인 등장이었지만 과거는 흘러가는 시간 속에 묻히는 법.

현실을 받아들인 사람들이 하나둘 늘어가고, 그중에서도 식견을 가진 자들은 아주 당연한 사실 하나를 눈치챘다.

[……구속이 많이 떨어져 있군요. 역시 무리해서 등판하긴 했지만 정상적인 상태가 아닌 듯합니다.]

평소 연습 투구를 하더라도 90마일 중후반을 웃도는 김신의 구속이 눈에 띄게 줄어 있었다.

뻐엉-!

[89마일…… 평소보다 10마일 가까이 떨어져 있군요.]

[김신 선수도 사람이니 당연한 거 아니겠습니까? 그런 상황에서도 팀을 위해 등판했다는 데 박수를 보내지 않을 수가 없네요.]

[그건 그렇지만 저런 상태인데도 김신 선수의 등판을 강행한 한국 팀

감독이 참…… 아닙니다. 여기까지 하죠.]

자연스레 불거질 수밖에 없는 류종인 감독의 투수 혹사설.

가장 민감하게 반응한 건 역시 김신의 미래 가치에 큰 영향을 받을 수밖에 없는 두 사람이었다.

"지금 이게 무슨 짓입니까! 사정사정하기에 차출에 동의해 줬는데 이런 식으로 갚습니까?"

"이건 계약 위반입니다. 최소 휴식 일수는 보장하기로 하지 않았습니까!"

사무실에서 느긋하게 굿이나 보고 떡이나 먹다가 발등에 불이 떨어진 브라이언 캐시먼과 헤빈 디그라이언.

하지만 그들의 항의는 각각 전화를 받은 한국 대표팀 관계자들의 말에 곧바로 힘을 잃었다.

-김신 선수 본인이 원한 일입니다.

"……."

그들이 잠시 할 말을 잃은 사이.

김신의 미래 가치와는 상관없이 현재의 그를 무너뜨리고자 하는 남자가 눈을 빛냈다.

'투지는 훌륭하다. 박수 정도는 쳐 주지. 그러나…… 아무리 너라도 이건 패착이다.'

그의 이름은 데이비드 라이트.

미국 대표팀의 3번 타자이자 뉴욕 메츠의 자랑이었다.

같은 연고지를 사용하는 뉴욕 메츠의 중추로서 김신에게

당한 완벽한 패배를 설욕하고자 했던 그는 갑작스레 찾아온 기회를 환영했다.

'좀 찝찝하긴 하지만, 두들겨 주마. 네 오만을 깨달을 수 있도록.'

김신의 투구를 누구보다 가까이에서 보면서, 그의 구속 저하를 누구보다 빨리 깨달은 남자가 천천히 걸음을 옮겼다.

'제구력으로 승부하려고 하겠지. 존을 좁히고, 유인구에만 속지 않으면 된다.'

김신의 오른손과 데이비드 라이트의 방망이가 순서대로 하늘을 가리키고.

경기가 재개됐다.

[신중하게 사인을 교환하는 김신 선수. 아, 고개를 끄덕입니다. 와인드업!]

그리고 김신의 오른손에서 첫 번째로 날아오른 공이 향하는 곳을 확인한 데이비드 라이트가 웃었다.

'초구부터 브레이킹 볼? 역시……'

한복판.

강속구를 봉인당한 김신이 제구력 중심의 피네스 피칭을 펼치리란 걸 확신하고 있던 데이비드 라이트는 몸의 움직임을 멈췄다.

100마일의 공을 가지고도 집요하게 보더 라인을 노릴 뿐, 한복판에는 거의 던지지 않는 투수가 김신이었으니 더더욱.

설마 김신이 80마일 중후반의 포심을 초구부터 한복판에 때려 박을 거라고는 상상도 하지 못했으니까.

'신중히 승부할 수밖에 없겠지만……'

신중한 승부를 펼칠수록 투구 수는 늘어날 수밖에 없는 것이 당연지사.

어쩌면 김신을 이른 시간 내에 끌어내릴 수도 있겠다고.

데이비드 라이트는 그렇게 생각했다.

하지만 데이비드 라이트의 생각과는 달리.

뻐엉–!

"스트라이크!"

"……!"

그 공은 휘어지지도, 떨어지지도 않고 그대로 스트라이크 존 정중앙을 관통했다.

[스트라이크! 김신 선수가 기분 좋게 초구 스트라이크를 잡습니다!]

[포심이 한복판에 박혔어요. 아마 실투인 거 같습니다. 워낙 실투를 던지지 않는 투수라 데이비드 라이트 선수가 역으로 당했네요.]

실투가 아니었다.

'이 자식……'

데이비드 라이트의 생각을 훤히 읽고.

10마일이나 줄은 구속을 가지고도 다짜고짜 스트라이크존 한복판을 공략한 담대한 사냥꾼이 사냥감의 시선을 오연히 받아 넘겼다.

'농구만 심장으로 하는 게 아니거든.'

툭ㅡ!

돌아온 공을 받아 든 김신이 몸을 돌리고.

평소같이 자신의 승리를 기대하면 된다는 듯 92번의 등 번호가 카메라를 가득 메웠다.

야구를 처음 접하는 사람조차도 투수의 구속이 얼마나 중요한지는 안다.

물론 회전 수, 제구력, 브레이킹 볼, 내구성, 강심장, 심리전, 볼 배합 등등 다른 덕목들이 중요하지 않다는 건 아니다.

그러나 가장 먼저 팬들의 시선을 사로잡고, 스카우터의 펜을 움직이며, 구단의 엉덩이를 들썩이게 하는.

투수에게 가장 중요한 덕목은 말할 것도 없이 구속이다.

아주 잠시뿐이겠으나.

김신이 그 구속을 잃은 건 사실이었다.

꼭 10마일까지 줄일 필요는 없었지만 김신이라고 미래를 아예 배제할 수는 없었고.

95마일을 상회하는 강속구는, 더 이상의 대미지는 최소화하는 게 맞았다.

허나 김신은.

데이비드 라이트를 어안이 벙벙하게 만든 배짱 있는 사내
는 그렇게 스스로에게 제약을 걸고도 여전히 자신이 있었다.

'구속은 돈과 비슷한 놈이거든.'

구속이 중요하다는 건 인정한다.

높으면 높을수록 좋은, 다다익선적인 성향도 있다.

하지만 일정 수준에 도달하면 더 이상 행복에 큰 영향을
끼치지 못하는 돈처럼.

구속 또한 일정 수준만 만족하면 타자를 제압하는 데 끼치
는 영향력이 줄어드는 경향이 있었다.

뭐, 혹자는 그건 평민들의 사례이지 돈이 상상하지 못할
정도로 많은 세계 유수의 거부들은 아니라고 말할지도 모
른다.

아무리 그래도 100마일이 넘는 강속구는 구속만으로도 가
치가 있다 말할지 모른다.

맞는 말이었다.

그러나 그건 지금의 김신에게는 상관없는 이야기였다.

어차피 지금의 김신은 100마일을 넘는 강속구를 구사하기
어려운 상황이었으니까.

그렇다고 주저앉으랴?

'이가 없으면 잇몸으로 씹는 거지.'

구속이 아닌 다른 걸로 타자를 제압할 수 있는 정도.

그 베이스를 깔아 줄 수 있는 정도의 구속을 넘길 수 있다

는 것만으로도, 지금의 김신에게는 충분했다.

그때부터 중요해지는 것이 투수의 다른 덕목들이었으니까.

회전수, 제구력, 브레이킹 볼, 내구성, 강심장, 심리전, 볼 배합 등등.

100마일의 구속을 가졌더라도 다른 덕목들이 부족하면 리그를 지배하는 자리에 오를 수 없고.

90마일의 구속을 가졌더라도 다른 덕목들이 출중하면 왕좌에 앉기에 충분하다.

그걸 가장 명확하게 증명해 준 남자가 바로.

지금 반대편 더그아웃에 앉아 있는 미국 팀의 지휘자, 그렉 매덕스였다.

'잘 보고 계십쇼, 프로페서.'

그렉 매덕스가 말년에 추락했던 건, 장원석이 1이닝도 버티지 못하고 강판당했던 건 그 '일정 수준'의 구속을 충족시키지 못했기 때문일 뿐.

그러나 10마일 가까이 줄어들었음에도.

근소한 차이로, 김신의 구속은 그 '일정 수준'을 충족시키고 있었다.

타자를 제압하는 데 필요한 조건을 충분히 만족시킨 투수가 자신에게 길을 보여 준 제구력의 마술사 앞에서 발을 들어 올렸다.

"흡-!"

그 발이 위풍당당하게 마운드를 내려찍고.

아름다운 중심 이동을 따라 그의 오른손에서 튀어나온 공이 이전과 똑같은 코스를 따랐다.

쐐액-!

한복판의 초구로 김신의 배짱을 다시 상기한 데이비드 라이트는 설마 하면서도 방망이를 휘두를 수밖에 없었고.

부우웅-!

"스트라이크!"

"젠장!"

그의 방망이를 희롱하며 한발 늦게 미트에 도착하는 흰색 공을 바라봐야만 했다.

[0-2! 체인지업으로 순식간에 데이비드 라이트를 몰아붙이는 김신 선수!]

[이건 뭐… 누가 생각날 수밖에 없는 공격적인 피칭이네요.]

[지금 더그아웃에 앉아 있는 그분 말씀이시죠?]

[예, 그렇습니다.]

낮은 구속으로도 특유의 제구력과 배짱, 심리전으로 타자들을 윽박질렀던 대투수.

그렉 매덕스의 표정이 굳어졌다.

[마침 카메라가 그렉 매덕스 감독을 비춥니다. 저런, 제자가 활약하고 있는데도 표정이 좋지만은 않군요.]

[그럴 수밖에요.]

그 전광판을 배경으로 삼아, 김신이 곧장 세 번째 공을 던졌다.

뻐엉-!

[이번엔 볼. 바깥쪽으로 빠진 볼입니다.]

데이비드 라이트의 눈에 서린, 결코 쉽게 물러나지 않겠다는 의지를 확인한 김신이 강민훈에게서 되돌아온 공을 손 안에서 굴리며 뇌까렸다.

'좋은 눈빛이군. 근데 말이야… 지금 이 승부는 우리 둘만의 승부가 아니거든.'

데이비드 라이트의 뒤.

오늘 경기 중립이 아니라 명백히 한쪽으로 치우쳐 있는 남자를 바라보며.

김신의 손에서 공이 떠났다.

뻐엉-!

"스트라이크아웃!"

"……!"

결과는, 예상대로.

[아, 주심. 이걸 잡아 주네요! 삼진! 데이비드 라이트가 삼진으로 물러납니다!]

바깥쪽 애매한 코스에 멈춰 있는 포수 미트를 확인한 김신이 주먹을 불끈 쥐었다.

꽈아악-!

⊘

비단 스포츠뿐 아니라, 승부를 가르는 모든 인간의 문화에서.

많은 사람이 약자, 언더도그를 응원하는 경향을 보인다.

측은지심 때문일 수도 있고, 평탄한 강팀의 승리가 아닌 특별한 이벤트를 바라서일 수도 있다.

그것도 아니라면 흥행을 위한 누군가의 농간일 수도 있고.

하지만 그런 건 지금의 김신에게 중요하지 않았다.

지금 그에게 중요한 건.

'역사대로군.'

이전에도 그랬듯이, 오늘 경기의 주심인 테드 바렛의 판정이 약팀에게 후하다는 것.

그게 푸에르토리코건 대한민국이건 상관없다는 걸 확인한 순간, 김신이 생각했던 오늘의 승리를 향한 첫 번째 조건이 성립됐다.

물론 테드 바렛의 편파 판정이 과하지는 않았다.

그저 애매한 상황에서 약팀의 손을 들어 주는 정도에 불과하며, 이마저도 경기가 중후반으로 치달으면 사라질 것이었다.

그러나 김신에게는 그걸 충분히 이용할 만한 경험이 있었고.

그렉 매덕스에게 배운 체인지업이 그 경험을 뒷받침했다.

뻐엉-!

"스트라이크!"

"What the……!"

1사 2, 3루에서 타석을 이어받은 미국의 4번 타자, 조 마우어는 이상함을 느꼈지만 항의를 망설일 수밖에 없었다.

1이닝 만에 항의하기에는 권위를 모욕당했다며 길길이 날뛰고, 공공연히 불이익을 줄 수도 있는 심판의 권한이 걱정됐으니까.

김신의 공이 그 간극을 파고들었다.

[유격수 정면! 손세헌 침착합니다! 고갯짓 한 번으로 3루 주자를 묶어 놓고 여유 있게 1루로…… 아웃!]

베테랑이라는 이름에 걸맞은 수비를 해 내는 손세헌의 모습에 김신이 작게 박수 치는 제스처를 보냈다.

'오늘만 고생 좀 해 주십시오.'

대한민국의 승리를 위한 두 번째 조건.

넓은 AT&T 파크를 커버해야 할 야수들의 수비 능력.

체력의 보존을 위해 삼진보다 맞춰 잡는 투구를 할 수밖에 없는 김신을 받쳐 줘야 하는 그것.

그 두 번째 조건에 문제가 없기를 바라며, 김신이 마지막

조건이 달려 있는 하늘을 바라보았다.

'언제 오려나……'

어두운 하늘이 김신의 눈동자를 가득 채웠다.

[나우 배팅……]

경기가 계속됐다.

뻐엉-!

[2사 2, 3루 상황. 타석에는 지안카를로 스탠튼 선수가 올라옵니다.]

[마이애미 말린스에서 좋은 활약을 펼치고 있는 거포죠. 무려 펜웨이 파크의 그린몬스터를 라인 드라이브로 넘겨 버릴 정도의 파워를 가진 하드 히터입니다.]

데이비드 라이트와 조 마우어를 제압한 김신의 다음 상대는 지안카를로 스탠튼.

지금이야 그저 주목받는 거포 중 하나일 뿐이지만, 미래에는 힘으로는 그 누구도 상대할 수 없는 최고의 파워 툴을 가졌다고 칭송받는 남자였다.

빗겨 맞아도, 자세가 무너져도 언제든지 담장을 넘길 수 있는 괴물 중의 괴물.

그리고.

'이번에도 양키스로 오려나.'

2010년대 말에서 2020년대 초반까지 양키스 타선을 지탱했던 축 중 하나.

그를 상대로 한 김신의 전략은 간단했다.

뻐엉-!

"스트라이크!"

[다시 바깥쪽! 이번에는 스트라이크입니다! 1-1!]

따로 길들이지 않아도 자동으로 '톰 글래빈 존'을 허락한 주심을 120% 이용하는 바깥쪽 승부.

안 그래도 바깥쪽 유인구에 약점을 보이며 수많은 삼진을 허락하는 것이 옥의 티인 지안카를로 스탠튼으로서는 볼이 스트라이크로 둔갑하는 상황에 속수무책일 수밖에 없었다.

부우웅-!

"스트라이크!"

거기에 얹어진 오른쪽 아래에서 시작해 왼쪽 상단으로 원반처럼 빠져나가는 프리즈비 슬라이더는 재앙과 같았다.

그렇다고 바깥쪽 공을 치기 위해 배터 박스에 바짝 붙었다가는.

뻐엉-!

"스트라이크아웃!"

절묘하게 몸 쪽 깊숙한 곳을 파고드는 포심에 고개를 떨궈야 할 뿐.

[삼진! 김신 선수가 3-4-5 클린업 트리오를 완벽하게 제압하면서

대한민국을 구해 냅니다! 1회 말, 미국의 공격이 잔루 2, 3루로 종료됩니다!]

[과연 김신이네요. 어려운 상황인데도 불구하고 제 역할을 충실히 해 줬어요.]

[그렇습니다. 김신 선수가 언제까지 버텨 주느냐가 이번 경기의 분수령이 될 거 같습니다.]

1회 말을 깔끔하게 마무리하고 든든한 등 번호를 내 보이며 더그아웃으로 입성한 김신.

하지만 같은 팀 선수들에게 믿음을 불어 넣던 그의 표정은 자리에 앉아 수건을 뒤집어쓰는 순간 사라졌다.

'심판이 우리 편일 때 최대한 체력을 보존해야 해.'

그의 언더웨어는 이미 땀으로 젖어 가고 있었다.

○

2회 초.

수비를 위해 그라운드로 뛰어 나온 미국 선수들의 태도가 달라졌다.

"레츠 고 아메리카─!"

파이팅을 외치며 서로를 북돋고, 이리저리 스텝을 밟으며 공이 오기만을 기다리고 있다는 기세를 뿜어냈다.

두말할 것 없이 김신의 출전 때문이었다.

그중에서도 가장 고양된 남자가 오른팔을 휘둘렀다.

뻐엉-!

"스트라이크!"

1회 초, 이송엽을 상대로 올려 뒀던 기어를 그대로 유지한 채 마운드에 오른 저스틴 벌랜더.

그의 전력투구가 한국 타자들을 무릎 꿇렸다.

5번 타자 이대후, 3구째 체인지업에 2루수 땅볼 아웃.

6번 타자 김한수, 2구째 포심에 포수 팝플라이 아웃.

7번 타자 최준, 5구째 커브에 헛스윙 삼진.

삼자범퇴.

제대로 쉬지도 못한 채 김신이 다시 마운드로 불려 나왔다.

2회 말.

김신의 전략은 동일했다.

톰 글래빈 존의 적극적인 활용.

뻐엉-!

"스트라이크아웃!"

[삼진! 2회를 삼진으로 마무리하는 김신 선수! 대단합니다!]

[구속이라는 최고의 무기 없이도, 어디까지 할 수 있는지 보여 주고 있네요. 박수를 보내지 않을 수 없습니다.]

-김신이 진짜 얄밉게 잘 던지긴 하는데 좀 이상하지 않음?

└심판 속이는 것도 투수의 능력이다, 멍청아.

└그 정도가 아닌 것 같은 기분인데⋯⋯.

프린스 필더-더스틴 페드로이아-애덤 존스로 이어지는 미국의 하위 타선이 심판을 한 번씩 노려보며 물러났다.

사건이 터진 건 바로 다음이었다.

3회 초.

선두 타자로 나선 포수 강민훈이 7구째 승부 끝에 볼넷을 얻어 1루로 출루한 다음 순간.

"헤이, 지금 장난해!?"

그렉 매덕스가 마침내 더그아웃을 박차고 나왔다.

"지금 심판 판정에 항의하는 겁니까? 돌아가십시오!"

"버드 셀릭이 시켰나? 한국 팀에 편파적으로 판정하라고? 똑바로 해! 지금 이 경기를 수많은 사람이 지켜보고 있으니까!"

"경고입니다! 한마디만 더 하면 퇴장시키겠습니다! 돌아가십시오!"

"흥, 어디 계속 그렇게 해 보라고."

테드 바렛 주심이 꺼내 든 퇴장 카드에 그렉 매덕스는 못 이기는 척 더그아웃으로 들어갔지만.

김신의 입가에는 쓴웃음이 걸렸다.

'2이닝도 못 가는구먼.'

그냥 감독도 아니고 미국 대표팀 감독이자 야구를 사랑하는 미국인이라면 존경하지 않을 수 없는 대투수의 항의다.

주심, 테드 바렛이 아무리 고집불통이어도 더 이상 한국 쪽에 유리한 판정을 내리기는 쉽지 않았다.

'차라리 공평하게 넓으면 좋겠는데…….'

심판의 스트라이크존이 공평하게 넓으면 타자들은 타격에 애로사항을 겪겠지만 투수 입장에서는 그만큼 좋은 게 없다.

애매한 공에도 배트를 휘두를 수밖에 없는 타자를 공 반 개 차이로 유혹하면 되니까.

헌데 심판의 스트라이크존이 공평하게 타이트하다면 정확히 반대 상황이 펼쳐진다.

타자는 애매한 공에 배트를 휘두르지 않아도 되고, 투수는 공 반 개 정도는 더 스트라이크존 안에 집어넣어야 한다.

즉, 톰 글래빈 존을 더 이상 이용할 수 없게 된다는 뜻이다.

'내가 정상적인 상태였으면 몰라도, 지금은…….'

김신이 정상적인 상태였다면 오히려 타자들에게 힘이 되는 타이트한 스트라이크존을 환영했겠지만.

피네스 피칭을 펼칠 수밖에 없는 지금, 심판의 타이트한 존은 김신에게 심각한 문제를 야기할 수 있었다.

그리고.

뻐엉-!

[바깥쪽, 빠집니다.]

손세헌을 상대로 구사한 저스틴 벌랜더의 바깥쪽 포심이 볼 판정을 받는 것을 확인한 김신의 표정이 더욱 흐려졌다.

뻐엉—!

어차피 타이트한 존을 적용받아 왔던 저스틴 벌랜더의 파이어볼이 아랑곳없이 3회 초를 정리하고.

"쳇, 칠 수 있었는데."

강종호의 푸념과 함께, 다시 김신이 마운드로 올라왔다.

3회 말.

마운드와 타석, 그리고 대기 타석에 핀스트라이프가 가득 찼다.

[3회 말, 미국의 공격으로 경기가 재개됩니다. 선두 타자는 오늘 9번으로 나선 1루수, 마크 테세이라! 김신 선수와 마크 테세이라 선수의 양키스 내전이 임박했습니다!]

3회 말, 미국의 선두 타자는 마크 테세이라였다.

타석에 선 익숙한 그 모습과 대기 타석에서 조용히 그라운드를 관조하는 남자를 확인한 김신이 고개를 저었다.

'아무리 나 때문에 미래가 바뀌었다지만…… 너무한 라인업이야.'

쉬어 갈 순번이라고는 없는, 꽉꽉 들어찬 별들.

    그야말로 은하수와 같은 타선을 정상적이지 않은 상태로 상대한다는 건 그에게도 살얼음판을 걷는 것과 같았다.

    '일단 확인부터.'

    김신의 포심이 바깥쪽 존을 슬쩍 건드렸다.

    결과는.

    뻐엉-!

    [초구는 볼. 바깥쪽으로 빠졌습니다.]

    김신의 예상대로였다.

    "으음⋯⋯."

    김신은 정확한 확인을 위해 공 반 개 정도 안으로 집어넣어 보았지만.

    뻐엉-!

    [다시 볼. 0-2가 됩니다!]

    [그렉 매덕스 감독의 항의가 효과가 있었던 거 같습니다. 테드 바렛 주심이 스트라이크존을 타이트하게 적용시키고 있어요.]

    결과는 역시나.

    짧아도 4~5이닝 정도는 심판 판정을 업고 가고 싶었던 김신으로서는 아쉬울 수밖에 없는 상황.

    "쯧."

    하지만 김신은 혀를 한번 차는 걸 끝으로 아쉬움을 털어냈다.

    바꿀 수 없는 일에 매달리는 것보다 할 수 있는 일에 집중하는 게 당연한 남자가 곧바로 다른 전략을 꺼내 들었다.

김신의 눈이 스트라이크존을 위아래로 훑었다.

부우웅–!

"스트라이크!"

[헛스윙! 커브에 속아 넘어가는 마크 테세이라!]

같은 투구 폼에서 쏘아지는 다른 종착지의 커브.

좌우가 아닌, 상하로 스트라이크존을 넘나드는 공들이 마크 테세이라의 눈을 현혹시켰다.

따악–!

[쳤습니다! 3루수 정면! 최준, 정확하게 확인하고 1루로…… 아웃입니다! 원아웃!]

그다음.

마크 테세이라가 입맛을 다시며 더그아웃으로 돌아간 뒤.

[나우 배팅……!]

만나지 않을 줄 알았던 양키스의 과거와 미래가 AT&T 파크에서 서로를 마주했다.

[넘버 2! 데릭–! 지터–!]

1회에는 3루에서.

2회에는 더그아웃에서.

3회에는 대기 타석에서.

각각 다른 위치에서 꾸준히 김신을 지켜봐 왔던 데릭 지터는 꿰뚫어 보고 있었다.

'여우 같은 피칭은 끝났고. 이번 겨울에 연마한 커브를 주로 이용하는 걸로 레퍼토리를 바꾼 건가.'

김신의 전략도.

'체력을 최대한 보존하려 하고 있어. 한계가 머지않았겠지. 아무리 미친놈이지만 인간이긴 하니까.'

김신의 상태도.

이번 경기뿐 아니라 오랜 시간 김신이라는 투수에게 주목해 왔던 양키스의 캡틴이었기에 가능한 일.

그걸 바탕으로 데릭 지터는 결론을 내렸다.

'최대한 빨리 끌어내려 주지.'

데릭 지터가 자세를 잡았다.

[1사 주자 없는 상황, 양키스의 캡틴과 에이스가 만났습니다. 김신 선수, 와인드업!]

초구 커브.

데릭 지터의 방망이가 미동조차 하지 않았다.

뻐엉-!

"스트라이크!"

제2구.

마찬가지로 데릭 지터는 움직이지 않았다.

뻐엉-!

[이번엔 볼! 1–1이 됩니다!]

데릭 지터는 정지된 화면처럼 멈춰서 있었다.

김신이 무엇을 던지든 칠 생각 자체가 없는 듯했다.

뻐엉-!

"스트라이크!"

[2–2! 데릭 지터 선수가 방망이를 한 번도 내지 않는군요.]

정확히 2스트라이크가 기록될 때까지.

그리고 그때부터, 데릭 지터의 방망이가 움직였다.

따악-!

[파울! 커트해 내는 데릭 지터!]

치면 좋긴 하겠지만, 굳이 안타를 칠 생각은 별로 없었다.

따악-!

[다시 파울!]

그저 타이트한 심판의 존을 믿고, 그 안으로 들어오는 공을 모조리 커트해 내는 것.

그걸 통해 투수의 투구 수를 늘리고, 체력을 깎아 내는 것.

데릭 지터는 그것에만 몰두했다.

'그만 무리하고 내려가라.'

김신이 이닝 중간중간 휴식을 취해 가면서 오래 던지도록 놔두지 않을 생각이었다.

최대한 빨리 끌어내려서 강제적으로라도 휴식을 부여해야

만 쉴 놈이었으니까.

김신을 위해, 양키스를 위해. 마지막으로는 조국을 위해.

데릭 지터의 방망이가 연신 공을 두들겼다.

따악-!

[또 파울입니다! 연속적인 데릭 지터의 커트!]

8구째 파울.

데릭 지터의 생각을 눈치챈 김신이 한숨을 삼켰다.

'젠장……'

하지만 김신은 누군가의 말을 곧이곧대로 따르는 모범생이 절대 아니었다.

'어쩔 수 없지.'

능력 있는 반항아의 왼손 힘줄이 이번 경기 가장 크게 꿈틀댔다.

"흐읍-!"

기합 소리와 함께 흰색 공이 스트라이크존 상단을 파고들었다.

부우웅-!

'……!'

데릭 지터의 감각보다 한발 빨리.

뻐엉-!

"스트라이크아웃!"

[스윙 앤 어 미스! 데릭 지터를 기어코 삼진으로 돌려세우는 김신 선

수! 97마일! 이번 경기 최고 구속을 기록합니다!]

두 핀스트라이프의 눈동자가 서로를 담았다.

'고집 좀 그만 부려라.'

'아직입니다.'

좁혀지지 않을 듯한 평행선에 데릭 지터가 먼저 몸을 돌렸다.

'뭐, 쉽게 될 거라곤 생각도 안 했다.'

그리고.

"마이크, 말 안 해도 알겠지?"

"예, 캡틴."

데릭 지터의 의지를 이어받은 남자가 그라운드에 꼿꼿하게 섰다.

[비운의 신인왕과 신인왕이 만나는군요! 한 타석 한 타석이 스토리입니다!]

3회 말, 2사 주자 없는 상황.

유일하게 재능만으로 김신에게 비견될 만한 남자가 타석에 섰다.

[비운의 신인왕과 신인왕이 만나는군요! 한 타석 한 타석이 스토리입니다!]

마이크 트라웃.

김신이 기억하는 그는 세월에 약해졌음에도 기어코 살아 남아 최고령 홈런왕의 영예를 들어 올린 사나이였다.

하지만 지금 김신의 눈앞에 선 남자는 달랐다.

세월에 약해지기 전, '트라웃의 시대'라는 말을 만들어 냈던.

메이저리그에 한 획을 그은 불세출의 5툴 플레이어.

그 찬란한 전성기의 시작이 눈앞에 서 있었다.

'답이 안 보이는군.'

공략할 구석이 보이지 않았다.

게스 히팅이 아닌, 자신만의 존을 세우고 본능에 따라 타격하는 마이크 트라웃을 속여 넘길 방법이 생각나지 않았다.

'심지어 유일한 약점조차 거의 지워 냈으니…….'

김신이라는 대적자를 맞이해 역사보다 더욱 발전해 낸 남자.

경기 중에 타격 폼을 수정하여 하이 패스트볼에 대응한다는, 괴물 같은 재능과 가만히 있어도 힘을 주체하지 못하는 전성기 육체의 컬래버레이션이 김신을 마주 봐 왔다.

"쯧."

한차례 혀를 찬 김신이 고개를 저었다.

'어쩔 수 없나.'

물론 원래의 김신이라면 그를 돌려세울 수 있었다.

속여 넘기는 게 아닌, 정면 승부로써.

신체의 한계를 시험하는 강속구로 그를 윽박지르고, 그것을 통해 빈틈을 만들어 냄으로써.

하지만 지금은 아니었다.

그러므로 김신이 내릴 수 있는 선택은 하나뿐.

뻐엉-!

[고의 사구? 김신 선수가 트라웃 선수를 거릅니다!]

고의 사구.

해당 타자에게 고의로 볼넷을 주고, 다음 타자를 상대하는 전략.

별들로 가득한 미국 대표팀 라인업에서 유일하게 답이 보이지 않는 타자를 상대로 김신은 고의 사구를 선택했다.

"우우우우우-!"

AT&T 파크를 메운 미국 팬들 중 일부가 야유를 보냈으나, 김신은 추호도 흔들리지 않았다.

'어차피 똑같은 아웃카운트 하나. 야구는 팀 게임이야.'

오히려 네 개의 공을 던져야 하는 데에 불만을 표했다.

'자동 고의 사구가 언제 생기더라.'

공을 던지지 않고도 사인만으로도 고의 사구를 인정받을 수 있는 자동 고의 사구 룰.

그게 아직 정착되지 않아 불필요하게 체력을 소모해야 했으니까.

그러나 다음 순간.

트라웃에게 1루를 허락한 김신이 자동 고의 사구 룰 제정에 한 발 걸쳐야 할까 실없는 생각을 하던 그 순간.

뻐엉-!

[다시 볼입니다. 스리 볼. 데이비드 라이트 선수가 기분이 많이 나쁘겠는데요?]

[첫 대결에서의 유니폼 교환도 그렇고, 김신 선수가 트라웃 선수를 상당히 고평가하는 것 같습니다.]

[그만한 능력이 있는 타자는 맞지만 유독 심하긴 하죠. 말씀드리는 순간 제4구. 이걸로……]

김신조차 경시할 수 없는 일이 벌어졌다.

부우웅-!

트라웃의 방망이가 힘없이 휘둘리고.

"스트라이크!"

심판의 입에서 스트라이크 콜이 떨어졌다.

[스, 스트라이크! 트라웃 선수가 스윙을 했습니다!]

[이건…… 도발이네요. 치려는 게 아니라 스트라이크를 만들기 위한 스윙이었어요. 타자가 스트라이크를 만들어 냅니다!]

김신의 눈썹이 꿈틀댔다.

'마이크……!'

그를 직시해 오는 트라웃의 눈동자가 말하고 있었다.

'이래도 피할 거야?'

트라웃의 도발에 대다수의 한국 팬과 많은 미국 팬이 격분했다.

　－저 개자식! 평소에는 볼넷 주면 감사하다고 넙죽 고개를 조아릴 새끼가!
　－와, 이건 좀…… 트라웃 다시 봤네.

약해진 상태인 김신에게 도발을 걸어오는 마이크 트라웃에 대한 실망을 성토해 댔다.

그러나 또 다른 일부의 입장은 달랐다.

　－잘하고 있네.
　－그럼. 무리하게 등판한 게 애초부터 문제지.

승부의 세계는 냉혹한 법.

그 안에서 최선을 다하는 게 뭐가 문제냐는 투였다.

심지어 팀이 지고 있는 상황이었고, 상대는 비슷한 경력의 루키들이었으니 더더욱.

트라웃의 생각은 그보다 한발 더 나가 있었다.

'충분히 했다. 이제 내려가라, 신.'

데릭 지터의 전언도 전언이었거니와 그와 유니폼까지 교환하며 친분을 나눈 동료가 더 이상 불가능에 도전하며 자기 자신을 망치지 않길 바랐다.

집에 고이 모셔 놓은 김신의 유니폼이 지금의 열 배, 백 배 가치를 가지게 되길 바랐다.

'나중에 다시 유니폼 교환해야지.'

김신이 가진 그의 유니폼 가치 또한 백 배, 천 배로 만들려는 남자가 방망이를 들어 투수를 겨눴다.

[배트까지 겨냥하는 트라웃 선수! 과연 김신 선수가 어떻게 반응할지!]

그 제스처에 김신의 반골 기질이 반응했다.

'캡틴이고 마이크고……'

걱정?

해 준다니 나쁘진 않다.

하지만 결혼하라는 말이 명절을 꺼리게 만드는 스트레스가 되는 것처럼.

원하지 않는 걱정을 하고, 그걸 강요하는 건 오지랖일 뿐이다.

또 한 가지.

이런 오지랖을 부리는 경우는 자신(自身)의 우위를 자신(自信)할 때였다.

즉, 대한민국의 패배를 기정사실처럼 생각한다는 소리다.

김신은 그런 모든 것이 마음에 들지 않았다.

'나는 김신이다.'

누구에게도 스스로를 재단하길 허락지 않는 남자.

모두가 불가능하다 외칠 때 가능하다고 소리칠 남자가 공을 으스러지게 쥐었다.

꽈아악―!

동시에 냉정함을 견지한 그의 두뇌가 가능성을 찾아 헤맸다.

투수와 타자, 그라운드의 변화를 인식한 컴퓨터가 연산을 시작했다.

'방법은…… 있다.'

세 개의 스트라이크가 아닌 단 한 개의 스트라이크.

사소한 문제가 있긴 하지만, 그걸 잡을 길이 확연히 눈에 보였다.

정답을 찾아 낸 구도자의 손이 허공을 갈랐다.

부우웅―!

"스트라이크!"

[다시 배트를 휘두르는 마이크 트라웃! 3-2, 풀카운트가 됐습니다!]

풀카운트.

단 한 구로 승리와 패배가 결정되는 간극(間隙).

예상됐던 트라웃의 매가리 없는 스윙으로 그 위치를 점한 뒤.

강민훈에게서 되돌아온 공을 잡자마자, 김신의 몸이 벼락

같이 움직였다.

[김신 선수, 와인드업!]

두 팔이 머리 뒤로 넘어가고.

왼쪽 다리가 하늘을 찌른다.

왼발의 진각과 함께 물 흐르듯 이동한 힘이 오른팔로 집약된다.

'……?'

트라웃이 이변(異變)을 느낀 건 그때부터였다.

지금까지 봐 왔던 우완 언더핸드의 움직임이 아니었다.

김신의 오른팔이 땅이 아니라 하늘을 향했다.

[어엇―!]

이번 생엔 단 한 번도 시도해 보지 않았다.

이미 더 나은 길을 알고 있었으니 굳이 해 볼 이유가 없었다.

하지만 해야만 한다면, 할 수 있었다.

닥치는 대로 공을 던졌던 지난 생의 기억이 김신을 보좌했다.

비록 선택받지 못했으나, 쏟아부었던 시간이 김신의 오른어깨 위에 얹어졌다.

"흐읍―!"

김신의 손에서 공이 떠났다.

쐐액―!

동시에 마이크 트라웃의 눈동자가 빛났다.

'몸 쪽…… 속구!'

지금까지 던지던 공에 비하면 확연히 빠른 공.

하지만 그 공은 마구라 불릴 만한, 평소 김신의 속구에 비하면 느렸고.

마이크 트라웃의 탈인간적인 동체 시력을 뛰어넘기에는 역부족이었다.

김신이 아껴 두었던 체력을 짜 내 승부수를 띄웠다 생각한 마이크 트라웃이 자신감 있게 방망이를 움직였다.

부우웅―!

데릭 지터와는 달리 파울이 아닌 홈런을 노리는.

더 이상 김신이 마운드에서 버틸 이유를 없애 주려는 나무 막대기가 힘차게 바람을 찢어발겼다.

그러나 마이크 트라웃의 생각은 틀렸다.

'……!'

아껴 뒀던 체력을 짜 내 승부수를 던진 건 맞지만, 김신은 단지 구속만 늘리는 걸로 답을 내는 남자가 아니었다.

김신의 패스트볼이 변화를 일으켰다.

아래로, 안쪽으로.

"으웃……!"

마이크 트라웃의 천부적인 협응력이 그의 몸에 제동을 걸었다.

홈런은 머리에서 사라지고, 범타를 면하기 위한 궤적으로 스윙이 바뀌었다.

그러나 부족했다.

따악—!

트라웃의 생각보다 조금 더 많이 꺾이고, 더 낮게 떨어진 속구가 배트의 연약한 부분을 자비 없이 후려갈겼다.

빠각—!

[배트 부러집니다! 유격수 정면! 유격수 손세헌, 가볍게 1루로……! 아 웃입니다! 스리아웃! 3회 말을 삼자범퇴로 제압하는 김신!]

[이건…… 정말 말이 안 되는군요! 또 새로운 투구 폼이 나오다니요!]

[그렇습니다! 처음 선보이는 우완 오버핸드로 마이크 트라웃을 범타 처리하는 김신 선수! 대단합니다!]

1루에 닿지 못한 마이크 트라웃의 시선이 김신의 등을 향했다.

'싱커……?'

　—미친? 이도류가 아니라 삼도류였어?

　—왼손에 하나 오른손에 하나 입에 하나 물어야겠네 ㅋㅋㅋㅋㅋ ㅋㅋ 오진다 진짜.

　ㄴㄴㄴ 속단하지 마라. 막 옆구리에도 껴야 할 수도 있음. 지금

까지로 보면 충분히 더 있을 수 있지.

　└그건 좀;;;;;

　-저게 올해 한국 나이로 22살? 인간이 맞긴 한 거임?

한 선수가 각기 다른 세 개의 투구 폼으로 공을 던진다?

상상만 했지, 현실에선 있을 수 없는…… 아니, 대부분은 상상조차 하지 못할 일의 실현에 전 세계가 술렁였다.

하지만 김신의 평가는 냉정했다.

'딱 이번 경기에서만.'

이번 생에 단 한 번도 던지지 않은 미숙한 공.

심지어 과거에서 또한 우완 언더핸드로 가는 길목에서 잠깐 고민했던 선택지에 불과한 것이 바로 우완 오버핸드였다.

주 무기로 삼으려 했던 싱커 말고는 경쟁력이 없는 건 당연했고, 그 싱커도 좋게 봐 줘야 40점도 주기 힘들었다.

물론 김신 본인이야 싱커 말고 못 던진다는 걸 알고 있다 쳐도.

지금까지 불가능을 몇 번이고 뒤엎어 왔던 그였기에, 미국 타자들 입장에선 김신이 우완 오버핸드를 구사한다 해서 반드시 싱커가 날아오리라 확신할 수 없을 가능성도 있긴 했다.

그러니까.

'관대하게 생각했을 때 앞으로 한두 번. 거기까지가 한계다.'

김신이 우완 오버핸드로 던질 수 있는 구종이 싱커뿐이라는 걸 들키기 전까지, 이번 경기에서만 딱 한두 번 더 사용할 수 있는 수.

그마저도 상대 타자가 자신을 고평가해 준다는 요행을 바라며 던져야 하는 도박 수.

그게 우완 오버핸드에 대한 김신 스스로의 평가였다.

또한 세상 사람들의 호들갑과 달리 김신은 또 다른 투구 폼에 진력을 투자할 생각조차 없었다.

'발전시키지 못할 건 아니지만…… 딱히 의미가 없지.'

왼손.

그리고 오른손.

한번 선택하면 해당 타석에서는 바꿀 수 없는 지금과 달리, 같은 손에서 투구 폼을 바꾸는 게 경쟁력이 아예 없진 않았다.

상대방에게 더 많은 선택지를 강요한다는 측면은 분명히 있었으니까.

그러나 투수가 다양한 구종을 같은 투구 폼에서 구사하려하는 것은 왜인가.

투구 폼만으로 구종을 판별할 수 있게 된다면, 그걸 주야장천 후려갈길 괴물 같은 타자들이 즐비하기 때문이 아닌가.

아무리 김신이 우완 오버핸드를 연마한다 쳐도, 한두 구종을 더 장착한다 해도.

기본적인 구위가 받쳐 주지 못하면 말짱 도루묵이었다.

그 사실을 아주 잘 알고 있는 김신의 시선이 그라운드로, 그 뒤에 펼쳐진 하늘로 향했다.

'간당간당할 거 같은데……'

그의 체력을 회복시켜 줄 수 있는 무언가를 기다리며.

뻐엉-!

"스트라이크아웃!"

[삼진! 이송엽 선수가 저스틴 벌랜더 선수에게 연속 삼진을 헌납합니다!]

경기가 이어졌다.

⊘

4회 말.

저스틴 벌랜더가 철벽같이 4회 초를 삭제한 뒤.

마운드에 올라 로진백을 집어 들던 김신의 호흡이 순간적으로 흐트러졌다.

'역시…… 이번 이닝까진 몰라도 다음엔 정말 문제가 되겠군.'

젖 먹던 힘까지 짜 낸 강속구, 그조차도 생소한 우완 오버핸드 싱커.

데릭 지터와 마이크 트라웃을 상대하며 소모했던 체력이

빨간 등을 점등하고 있었다.

하지만 그에게 체력을 회복할 시간을 부여할 무언가는 아직도 당도하지 않았고.

이제는 오늘의 그를 한 번씩 경험한 타선을 새로 상대해야 했다.

이전과 달리 심판의 가호 없이.

[벌써 4회 말입니다. 역시 투수전은 시간이 빨리 가네요. 데이비드 라이트! 김신 선수와 처음으로 자웅을 겨뤘던 타자가 다시 타석에 섭니다!]

'이번에야말로'라는 기세를 줄기줄기 뿜어내는 데이비드 라이트를 일별한 김신이 호흡을 골랐다.

"후우……."

체력은 흔들리고 있지만, 그렇다고 더 이상 체력의 보존에 신경을 쓸 순 없었다.

점수는 한 점 차.

한 번이라도 삐끗할 수 없는 백척간두(百尺竿頭)의 승부였으니까.

이제부터는 그가 먼저 지쳐 나가떨어지느냐, 그가 기다리던 이벤트가 먼저 발생하느냐의 싸움이었다.

김신의 몸이 약동했다.

[투수, 와인드업!]

뻐엉—!

김신은 빠르게 지쳐 갔다.

누구나 알 수 있을 정도로.

한 번씩 모자를 벗었다 쓰면서 드러나는 머리카락은 땀으로 흠뻑 젖어 있었고.

안 그래도 떨어져 있던 구속은 조금씩 더 떨어져 갔다.

따악—!

익숙하지 않은 타격음들이 그라운드를 울렸다.

[쳤습니다! 데이비드 라이트! 3유간을 그대로 뚫어 냅니다! 1루 돌아 2루까지! 데이비드 라이트의 2루타! 오랜만에 호쾌한 장타가 나옵니다!]

심판이 익숙하지 않은 제스처를 취하고.

뻐엉—!

해설진은 익숙하지 않은 멘트를 뱉었다.

[베이스 온 볼스! 김신 선수가 조 마우어 선수에게 볼넷을 허용합니다! 무사 1, 2루가 됩니다!]

[방금은 체인지업을 잘 골라냈는데요. 그것보다 5구째에 던진 포심 구속에 주목해야 합니다. 90마일. 김신 선수의 좌완 구속이 90마일이 찍혔습니다. 포심의 구위가 떨어지니 덩달아 체인지업이 힘을 못 쓰는 거예요!]

[상당히 지쳤다는 거 같은데요. 역시 8이닝을 던지고 하루 휴식 후 연투는 너무 무리였던 게 아닌지 싶습니다.]

그럼에도.

그럼에도 전광판의 숫자는 움직이지 않았다.

따악-!

[먹힌 타구! 유격수 손세헌, 2루 토스! 아웃! 다시 1루로…… 아웃입니다! 6-4-3으로 이어지는 정석적인 병살! 김신 선수가 지안카를로 스탠튼 선수에게서 병살타를 뽑아내면서 순식간에 아웃카운트 2개를 수확합니다!]

[싱커에 허를 찔렸죠. 저 우완 오버핸드에서 어떤 공이 더 튀어나오느냐에 따라 이번 경기 승패가 좌우될 수도 있겠습니다.]

세간의 주목을 받는 우완 오버핸드가 발판을 세웠고.

뻐엉-!

"스트라이크아웃!"

[삼진! 삼진입니다! 프린스 필더 선수를 기어코 삼진으로 돌려세우면서 4회 말을 마무리하는 김신 선수! 잔루 3루! 미국의 공격이 다시 소득 없이 종료됩니다! 대단하네요, 정말!]

[아무리 구속이 떨어졌다 해도 저 바깥쪽 제구 잘 된 포심과 예리한 슬라이더 조합은 좌타자에게 정말 재앙이네요, 재앙.]

칼날 같은 슬라이더가 위기를 돌파했다.

5회에도 상황은 비슷했다.

역시 삼자범퇴를 만들어 내며 싱겁게 마운드를 내려간 저스틴 벌랜더와 달리.

김신은 계속해서 출루를 허용했다.

더스틴 페드로이아의 타구가 외야를 갈랐고.

애덤 존스의 발이 1루를 밟았다.

하지만 기이하게도, 전광판은 계속해서 같은 숫자를 표기했다.

따악—!

[높이 뜹니다! 우중간! 길게 뻗지 못하면서. 우익수 추신서가 처리합니다! 그리고 주자는! 아, 뛰지 못하네요. 마크 테세이라의 타구가 플라이 아웃으로 기록됩니다.]

[타구가 깊다고 하기엔 애매했던 것도 있고, 우익수가 그 추신서니까요.]

[그렇습니다. 2012년 보살 1위에 빛나는 강견이 더스틴 페드로이아를 2루에 묶어 버립니다.]

때로는 야수의 역량에 도움받았고.

따악—!

[라인 드라이브! 3루 쪽! 최준—!! 어려운 타구를 잡아냅니다! 천금 같은 수비! 5회 말이 이렇게 끝나네요!]

때로는 행운의 가호까지 동원했다.

1–0.

꾸역꾸역 그 살얼음판 같은 리드가 간신히 지속되던 찰나.

더그아웃에 들어와 말도 하지 못하고 체력 회복에만 집중하고 있던 김신의 코를 반가운 흙 내음이 간질였다.

씨익—.

김신의 입가에 흐릿한 미소가 걸렸다.

'왔군.'

그리고 이내, 따뜻한 땀방울과는 다른 차가운 물방울들이 하늘에서 내려왔다.

천천히, 그러나 끊임없이.

쏴아아아아-!

[아, 비가 옵니다. AT&T 파크에 비가 내리고 있어요!]

자연(自然).

지구의 대부분을 정복한 인간이 아직까지 정복하지 못한 요소.

때로는 너무나 따뜻하지만, 때로는 너무나 가혹해 재해(災害)라고까지 불리는 섭리.

실내 스포츠가 아닌, 드넓은 필드에서 펼쳐지는 야외 스포츠의 경우 그 자연의 영향을 받지 않을 수는 없었고.

김신이 기다리던 것도 바로 그중 하나였다.

비.

재해까지는 아니어도 경기를 중단하기에 충분한 양의 우천(雨天).

AT&T 파크의 전광판이 위태로이 깜빡였다.

[……비 때문에 전광판에 문제가 생긴 것 같습니다. 곧 경기가 중단될 듯합니다. 아, 역시 경기가 중단됩니다. 6회 초 1사 주자 없는 상황. 저스틴 벌랜더 투수가 마운드를 내려갑니다.]

2013 WBC 결승전을 실제로 중단시켰던 비가 이번에도 선수들의 심장을 진정시켰다.

동시에 팬들의 손가락이 활발하게 움직였다.

─이래서 돔 구장이 진리임. 메이저리그 구장이면 뭐 해? 비 오면 경기 중단인데 ㅋㅋㅋㅋㅋㅋ

─이러면 어떻게 되는 거지? WBC에도 우천 취소가 있나?

─있긴 한데, 결승전을 취소하진 않을걸. 일정이란 게 있잖아.

  └○○ 지금은 전광판도 맛 가서 잠깐 중단했긴 한데, 아마 아무리 많이 와도 강행은 할 듯.

야구에는 우천으로 경기가 불가할 시에 대처하는 세 가지 방법이 있다.

첫째, 노게임.

5회 미만일 시, 아예 경기를 취소하고 없었던 일로 처리한다.

둘째, 콜드게임.

5회를 초과했을 시, 경기가 중단되기 전까지의 결과로 승패를 판별한다.

셋째, 서스펜디드 게임.

경기를 중단하고 그 중단된 상태 그대로 다른 날에 다시 진행한다.

하지만 길고 긴 대회의 마지막을 장식하는 결승전을 취소하거나, 콜드게임으로 처리하거나, 연기해서 다시 치를 수는 없는 일.

수중전을 직감한 팬들이 걱정을 늘어놓았다.

　─야구는 수중전 거의 안 하잖아. 이러면 경기 이상해지는데.

　└○○ 투수는 컨트롤이 어려워지고, 수비는 땅이 비 먹어서 더 힘들어지지. 체온도 금방금방 떨어질 거고.

　└그럼 큰일 아님? 방망이는 저쪽이 훨씬 세잖아.

　└큰일 맞아. ㅈ됐음 지금.

그러나 팬들의 걱정은 곧 해소됐다.

뚝- 뚝-!

한동안 쏟아붓던 빗줄기가 언제 그랬냐는 듯 잦아들기 시작했으니까.

창문 밖을 바라보던 메이저리그 커미셔너 버드 셀릭이 외쳤다.

"빨리 재개해!"

김신이 원하던 대로였다.

"10분 뒤에 재개한다고 한다! 다들 준비해!"

"예!"

류종인 감독의 전언으로 경기 재개를 확인한 김신이 고개를 주억거렸다.

'다행이야. 비가 더 왔으면 큰일 날 뻔했어.'

김신 입장에서 수중전을 기다렸을 리가 없었다.

공격보다 수비에 더 애로사항이 많이 꽃피는 수중전은 대한민국에 불리한 일이었으니까.

물론 비록 그친다 하더라도 비로 인해 물기 젖은 그라운드의 영향이 아예 없을 수는 없었지만.

'그거 때문에 지면 뭐…… 우승은 처음부터 우리 게 아니었던 거고.'

그건 어쩔 수 없는 일.

중요한 건 김신에게 시간이 주어졌다는 사실이었다.

완벽히 평소대로 되돌아가는 건 당연히 불가능하고, 경기 시작 지점으로도 돌아가지 못하겠지만.

조금이라도 더.

두 이닝이면 좋고, 최소한 한 이닝이라도 더 던질 수 있도록.

'어차피 오래 쉬면 어깨가 식어서 더 안 좋지.'

어깨가 식지 않는 선에서, 팀원들에게 가해질 영향을 최소화하는 선에서, 체력만 회복할 수 있을 적절한 시간.

그의 체력이 방전되기 전에.

그의 존재가 야기한 나비효과로 인한 뒤틀림 없이.

전광판이 고장 나고 그치는 것까지 동일하게.

김신이 바라던 시간이 정확하게 충족됐다.

7회.

그가 원래부터 정해 뒀던 상한선까지 공을 던질 수 있는 조건이.

'그 이상은 절대 무리야.'

더 던질 수 있다면 좋겠지만, 아무리 무결점 투수라 할지라도 8이닝을 던진 후 하루 쉬고 다시 7이닝 이상을 던진다는 건 신체적으로 불가능한 일이었다.

심지어 상대해야 할 타자들이 내로라하는 메이저리그산 별들이라면 더더욱.

'남은 건…… 남은 사람들이 이겨 내야지.'

경기 중반이 아닌 후반까지.

할 수 있는 최선 그 이상을 쏟아 승리의 가능성을 열어젖히고자 하는 남자가 좌중을 둘러봤다.

그가 없어도 승리할 수 있는 역량이 충분하다고 믿는 동료들을.

"……."

물론 아쉽지 않다면 거짓말이다.

월드시리즈도 그렇고 WBC도 그렇고 결국 마지막을 다른 사람의 손에 맡겨야 하니까.

하지만 언제나 '지피지기면 백전불태'라는 문구를 가슴에 품고, 스스로에 대한 객관적 평가를 멈추지 않았던 김신은 더 이상은 만용이라는 걸 정확히 알고 있었다.

그러니.

'할 수 있는 데까지는 확실히……!'

점점 비가 그쳐 가는 그라운드를 향해.

마지막을 태울 연료를 확보한 기차가 불을 밝혔다.

[경기 재개됩니다. 6회 초, 1사 주자 없는 상황. 마운드에는 다시 저스틴 벌랜더 선수가, 타석에는 1번 타자 이윤규 선수가 올라옵니다.]

어느덧 세 번째 타석에 선 한국의 리드오프 이윤규.

이윤규는 본인의 끈질긴 타격 스탠스를 버리고 초구를 노렸다.

'어쩌면……'

경기가 재개되면서 만난 경기가 시작될 때와 같은 투수와 타자.

1회 초처럼 아직은 선수들의 열기가 전해지지 않은 어수선한 경기장.

그러니까 저스틴 벌랜더의 초구 또한 그때와 같을지도 모른다는, 이성적으로 생각했을 땐 어처구니없는 판단에서였다.

그러나.

따악-!

공교롭게도 그 판단이 맞아 들어갔다.

[1, 2루간…… 빠집니다! 1루에서 멈추는 이윤규! 오랜만에 한국이 안타를 신고합니다!]

저스틴 벌랜더의 100마일짜리 포심을 통타한 이윤규의 방망이가 하늘을 날고.

2루수 더스틴 페드로이아의 글러브가 타구에 미치지 못했다.

[비 때문이에요. 그라운드가 물에 젖으면 아무래도 바운드가 다르거든요?]

이윤규의 신들린 선택과 비로 젖은 그라운드라는 두 가지 요소가 합쳐져 낳은 결과.

그 뒤로 경기 시작부터 지금까지 자신감을 놓지 않은 타자가 들어섰다.

[타석에는 2번 타자 강종호 선수. 이번 경기 내야 뜬공과 삼진을 기록하고 있습니다.]

강종호.

메이저리그와 어깨를 나란히 하는, 객기라고 불려도 할 말 없는 그의 에고가 드디어 일을 냈다.

따악-!

[쳤습니다! 우익수 지안카를로 스탠튼! 대시합니다만…… 잡지 못합니다! 강종호의 타구가 우중간을 가릅니다! 1루 주자 2루 돌아 3루로! 3루에서…… 세이프! 경기 재개되자마자 연속 안타를 때려 내며 절호의 기회를 맞이하는 한국!]

1사 1, 3루.

어쩌면 추가점을 획득하고, 저스틴 벌랜더라는 사이 영 위너를 강판시킬 수도 있는 호기(好期).

더군다나 후속 타자는.

"추추! 추추! 추추!"

이번 경기 선취점 아치를 그린 대한민국 최고의 타자.

국가 대항전만 되면 언제나 폭주해 왔던 또 다른 기차가 고개를 들었다.

"제발……!"

대한민국 팬들의 눈이 깜빡임조차 멈췄다.

[저스틴 벌랜더, 초구!]

2013 월드 베이스볼 클래식 결승전.

그 종점이 서서히 베일을 벗기 시작했다.

다음 권으로 이어집니다

로맨부터 장군까지

게르만 현대 판타지 장편소설

충성! 소위 김대한, 회귀를 명받았습니다!
눈치면 눈치 실력이면 실력
재력까지 모두 갖춘 SSS급 장교가 나타났다!

학군단 출신으로 진급을 꿈꾸는 김대한
거지 같은 상관, 병신 같은 소대원들을 끼고서
열심히 했지만 결국 다섯 번째 진급 심사마저 떨어지고
홧김에 술을 마시고서 만취 후 눈을 뜨는데……

2013년 6월 21일 금요일
오늘 수료일이지? 이따 저녁에 집에서 고기 구워 먹자
삼겹살 사 갈게~^^ -엄마

췌장암 말기로 병원에 있어야 할 어머니의 문자
아니, 12년 전으로 돌아왔다고?

부조리 참교육부터 라인 잘 타는 법까지
경력직 장교가 알려 주는 슬기로운 군 생활!

사령왕 카르나크

임경배 판타지 장편소설

『권왕전생』『이계 검왕 생존기』의 작가 임경배 신작!
죽음의 지배자, 사령왕 카르나크의 회귀 개과천선(?)기!

세계를 발밑에 둔 지 어언 100년
욕망도 감각도 없이 무심히 흘러가는 세월 속에서
결국 최후의 수단으로 회귀를 결심한 사령왕 카르나크!

충성스러운 심복, 데스 나이트 바로스와 함께
막 사령술에 입문한 때로 회귀하는 데 성공!
한 맺힌 먹방을 만끽하는 것도 잠시
뭔가 세상이…… 내가 알던 것과 좀 다르다?

세계의 절대 악은 아직 아무 짓도 하지 않았는데
멸망을 향해 미친 듯이 달려가는 이 세상
저 악의 축들을 저지해야 한다,
인간답게(!) 잘 먹고 잘 살기 위해서는!

꿈의 도약, 로크에서 하십시오
(주)로크미디어에서 신인 작가를 모십니다

즐거운 세상, 로크미디어는 꿈을 사랑하고 도전을 두려워하지 않는 작가 분들의 참신한 작품을 기다리고 있습니다. 21세기 장르 문학계를 이끌어 갈 차세대 선두 주자 (주)로크미디어에서 여러분의 나래를 활짝 펴 보시길 바랍니다.

모집 분야 판타지와 무협을 포함한 장르 문학
모집 대상 아마추어 작가, 인터넷 작가
모집 기한 수시 모집
   작품 접수 시 유의 사항
   1. 파일명은 작가명_작품명.hwp형식을 갖춰 주십시오.
   1. 파일에 들어갈 내용은 다음과 같습니다.
      ─ 성명(필명인 경우 실명을 밝혀 주세요), 연락처, 이메일 주소
      ─ 제목, 기획 의도
      ─ A4용지 1장 분량의 등장인물 소개
      ─ A4용지 2장 분량의 전체 줄거리
      ─ 본문
   1. 작품이 인터넷에 연재되고 있다면, 게시판명과 사이트의 구체적이고 정확한 주소를 기재해 주십시오.

선택된 작품은 정식 계약 후 출판물로 간행되어 전국 서점에 유통됩니다.
작가 분은 (주)로크미디어의 전폭적인 지원하에 전속 작가로 활동하시게 됩니다.
※ 자세한 내용은 로크미디어 홈페이지(rokmedia.com)를 참조하세요.

(04167)서울시 마포구 마포대로 45 일진빌딩 6층
(주)로크미디어 편집부 신간 기획 담당자 앞
전화 : 02) 3273-5135
www.rokmedia.com   이메일 : rokmedia@empas.com